那些
再與你無關的幸福

Photo・Text 肆一

序。
Foreword

而妳，要捨不得自己

如果、如果愛情已經很難兩全其美，請妳至少要留下自己。失去的，不去苦苦追問它的去向；獲得的，也不要讓它變成負累。如果說愛情已經叫人喊苦，自己再不要爲難自己。愛情是兩個人的，所以很難一個人作主，但總期許自己留下的都是好的，壞的都隨著離去的人走遠。如果再沒有誰能爲自己好，請要記得自己對自己好。自己，就是去變好的原因。

愛情，也常常是知易行難，但我始終認爲，在期許自己可以去做到之前，知道是第一步。而我一直想做的就是這些事，試圖說些很平常的道理，可能沒什麼大不了，但卻可以提醒那些其實大家都懂，只是一時忘記的話。或許我無法建議要怎樣愛情才會好，因爲每個人的愛情都不同，愛情並不是樣版模組。但至少可以讓妳知道，妳永遠都值得有人對妳好。眼淚有好有壞，不希望是招惹讓大家傷心的眼淚，而可以是被了解的眼淚，讓妳在覺得自己是一個人的時候，不那麼孤單。

也就像是這本書、第二本書，選在五月出版，算是我任性的要求。

如果說，第一本書在十二月出版，是希望可以陪大家度過那個天寒地凍、讓人瑟縮的一連串節日的季節的話，那麼，這本書則是想要陪大家一起再往前走一點。六月，夏天才剛剛開始，但葉子都已經綠了，日照時間也漸漸拉長，陽光幫忙多蒸發了一些傷心，適合散步、遠遊，或許，是可以試試的時候了。是時候，對自己再更好一點了。

不心急、不求一蹴可幾，只希望每次都好一點點，就很有價值、就很好。今天比昨天好一點點，有天，就會很好。

第一本書《想念，卻不想見的人》出版之後，陸續收到一些朋友的來信，很多鼓勵、很多淚水，但最後常常都是用感謝當作結尾。大家的按讚與留言都已經是一種難能可貴，更何況是願意寫信給我。有些人會向我道謝：「謝謝肆一說出我想說的話，讓我知道原來還有人懂我。」但其實對我而言何嘗不是，是你們讓我知道自己說的話原來也有人懂，我們都是一樣，跌跌撞撞還不罷休，因為知道不放棄才是對得起自己。也是你們，讓我知道自己在做對的事情。

其實，我也一直都想說，能夠收到大家的回應、願意寫信跟我直率地表達那些或許難以對他人言語的事，都是我的榮幸。我清楚知道這是一種信任，我很珍惜。

謝謝每一個在粉絲頁上按讚留言、買上一本書與這本書的朋友，不厭其煩、深怕遺漏，希望你們知道我的感謝。我會努力不讓謝謝變成是一種廉價。

謝謝我的家人與朋友，我們都知道，常常默默就是一種鼓勵。

最後還想說的是，如果，他已經捨得了妳，也請記得不要再把他留下。強要的都不會是愛，留下的都會是傷心。在還沒有一個人誰來捨不得自己之前，自己要，捨不得自己。

也沒有該爲了誰前進，自己，就是理由。要一直這樣提醒自己。也要繼續相信，自己永遠都值得被好好對待。

祝 好。

肆一

目錄

Concents

心碎．．我們不要白白傷心．．．

沈澱．．不能夠敗給了，寂寞．．

告別．．那些再與你無關的幸福．．

啓程‧‧一起把現在走成未來的，那個人‧‧

心碎
‧‧
我們不要白白傷心‧‧

認真去愛，
永遠都不會是一種浪費；
敷衍的去愛一個人，才是。

分手，永遠都準備不好。

一個男人的告白：「不是男人比較不念舊，而是他們的每一個決定，都是想清楚後才去做。」

分手後最殘忍的，不是妳仍然愛著他，而是，妳以爲他會再回來。

他離開以後，妳先是埋怨他，但妳不說他的不是，妳心想，他一定有苦衷、他一定會回頭，妳覺得他只是一時糊塗，這包含了某種程度的否認，因爲妳還愛他，所以不忍苛責。再之後，妳開始咒罵他，他怎麼可以這樣對妳？妳對他這麼好？他卻還是離開了妳，你們從前相處的每一個細節現在都成了傷害的最佳證據，因爲妳還愛他，但卻終於發現，他眞的不愛妳了。

所謂的分手，常常就像是面對一個遠行的旅人，妳以爲自己終會是他的歸途，但沒想到他已經在其他地方落腳。

於是，妳的世界再次崩塌敗壞，而且這一次徹底粉身碎骨。如果說，他當初提分手時是一次試煉的話，妳覺得那或許只是一種考驗，一切都還有轉圜；而這回則是一種確認，肯定他的心意已決、你們再也無可能。也就是那時候妳才知道，原來分手有兩個階段，只是過程常常不是向上，而是往下重摔。第一次是心傷，第二回則是心喪，妳成了沒著喪服但卻心如死灰的人。

妳也曾經天眞的想過，是不是他可以先給妳一些準備的時間，或者是一些暗示提醒，讓妳可以去調整、去適應，然後再分手，如此妳就會更好，起碼不會傷得那麼重。但後來才發現這是一種荒唐，妳把自己珍貴的時間交給他去揮霍浪費，而且還親手奉上。這竟是一種變相的允許，因爲得不到對方的承諾，所以妳用自己去交換留住他的一點點時間。

那時候妳才發現，分手最可怕的事情之一是，你們兩個再也沒有關係，但他卻還在影響著妳。他早已在妳的世界之外，但妳卻還以他爲中心。

跟著，妳也終於懂了，原來永遠都沒有所謂「準備好了」的分手，只要兩個人還在一起，妳永遠會懷抱一絲的希望，再美好、再繼續的可能。但只要一分手，就意味著這一切再不可能成眞。所以在愛情裡面，妳永遠都無法去眞的想像分手的一天，因爲，一旦跟一個人牽手了，妳就會期待永遠。也因此，每回的決裂都是一次新的萬劫不復。

分手，從來都不是一種比賽，沒有讓妳預備練習，更沒有分數高低，結局永遠都只有一種，就是心碎。

最後妳也才發現，原來其實分手跟愛情很像，妳只能去試著學習，把一次次的經驗當作是一種預演練習，但永遠都無法去預期。分手，永遠都準備不好，一旦愛了，就只能盡力去給予，然後努力看會走到哪個地方。妳只能把原本用來準備分手的力量，拿來去愛。然後，要是不小心碎裂了，學會如何去修補自己。

可是、可是，妳也不能因爲害怕傷心就辜負自己的心，他人可以不珍惜自己，但自己卻不能不對自己好。而如果還有愛，但卻不去愛，就是一種對自己的愧對。認眞去愛，永遠都不會是一種浪費；敷衍的去愛一個人，才是。

他喜歡妳，只是，沒喜歡到要專屬於妳。

一個男人的告白：「今天沒空？那明天呢？不然後天？這就是喜歡一個人。」

妳把每件事都變成了暗示。

他每天都會在臉書上敲妳，問妳今天過得如何？妳動態消息上的每個更新，他都會按讚，誇獎妳哪天的哪件衣服很好看、喜歡旅行的地點。然後，有意無意地問妳昨天做什麼？跟誰出去？他也會試探妳週末有沒有活動？放假都做些什麼？甚至，他若是出去玩的話，禮物也不會少妳一份。每件小事都是一個小甜蜜，都變成是你們的橋樑，通往彼此的道路。這些都是喜歡一個人的證據。

只是，妳沒想到那座橋這麼長。你們還是熱絡，只要妳臉書一上線他都會跟妳問好，聊的話題也沒變、臉書上的讚也沒變少、關心的話語也一樣多。但是，卻僅只於此。你們沒有更多的來往，妳不認識他的任何一個朋友，就連單獨的吃飯也沒有過。就像是有人按下了暫停鍵，劇情就此停止，妳的情緒還在，但就是看不到結局。

他從沒開口約妳出去。妳搞不懂究竟是發生了什麼事，著急了起來。妳開始詢問周遭好朋友的意見，無法從女性朋友那邊得到滿意答案，於是妳硬著頭皮問了平常甚少聯絡的男性朋友。那一陣子，妳的口頭禪從原本的「好可愛～～」換成了：「你覺得他怎麼想？」

他沒有約妳出去，因爲他不喜歡妳。但他每天臉書都敲我。他沒有約妳出去，因爲他不喜歡妳。但我跟誰出去他會吃醋。他沒有約妳出去，因爲他不喜歡妳。但他會注意我每天的心情。他沒有約妳出去，因爲他不喜歡妳。但他會跟我說他喜歡我穿長裙、說我笑的樣子很好看、誇我的瀏海很適合我……

妳丟出了同一個問題，別人給了相同的答案。然後，妳又用了另外一百個理由說服自己。

妳聽見橋下的水聲，一抬頭，才發現是他的眼淚。「對不起，我喜歡妳，但我放不下前一段。」終於，他開口對妳這樣說，還比妳先落淚。妳把眼底的苦澀硬生生地被擠了回去。然後，把原本要拭淚的手，變成拍他肩的安慰。妳就這樣被宣告出局，卻還要安慰他。妳這才看見，原來橋下不是蜿蜒溪流，而是浩瀚的大海。妳怎麼都跨不過去。

是的，他喜歡妳。只是、只是，沒喜歡到要專屬於妳。朋友的喜歡跟情人的喜歡距離太遙遠。就像是河流與海洋。

妳就此退出他的世界，然後努力讓生活繼續往下走。妳沒上戰場，卻像是打了一場戰，混身是傷。妳還是花了很多時間走出戰場，走出那些「為什麼？」的槍林彈雨。他並沒有對不起妳，但妳知道再下去就是自己對不起自己。然後，有一天妳才發現，他那天的眼淚，原來並不是源自於對妳的抱歉，只是要稀釋掉他自己的罪惡感而已。

妳終於也才清楚了，其實他對妳，從來都跟喜歡無關，而是跟寂寞比較有關。

關掉他的臉書，妳救回自己的人生。

一個男人的告白：「假分手？男人從來都不會用分手來試探感情，分手就是分手了，說好當朋友就是朋友。」

原來，他只不過是以另一種形式離開了妳而已，其實，他都還是妳的生活。

突然間，妳意識到了這一件事，就當食指在臉書視窗上點下他的名字那一刻。妳忘了這是今天第幾回，妳又再看他的臉書，他去了哪裡？吃了什麼？今天心情好或不好？然後，是不是新認識了誰？就像是以前念書時候的整點打鐘，幾乎是一種習慣性，只要一抓到空檔妳就會去看他的動態消息。

他，是妳的前男友。你們分手了一段時間，妳原本以為一切早已經都事過境遷，那些好的或壞的，都隨著時間的流逝有了新的體悟，妳也開始好轉，至少，不會再動不動就落淚，即便當一個人獨處的時候也不會再發呆。也再不會每每當自己意識到時，才發現已經在床邊坐了半個小時的時間。

妳原以爲自己已經好了，但此刻，妳的食指點擊著滑鼠的清脆聲響卻像是碰到了自己的傷口似的，灼熱了起來。

妳才明白，妳以爲的痊癒，只是自己的「以爲」。其實，妳還是在意他。妳當然會在意，你們在一起了好一段時間，跟著堆積出了濃厚的情感，你們過去那麼相愛，怎麼可能說斷就斷。妳曾經騙自己這是一種關心，你們說好繼續當朋友，但後來才發現這是一種囚禁。他給了妳自由，但妳卻只往他的身上飛。

於是妳也才驚覺到，不管是「好朋友」或「親人」關係，雖然妳點頭應了允，但其實都不是妳的自願。因爲，妳清楚知道這是唯一可以把他還留在身邊的方式，所以不得不答應。妳甚至猜測過，他說的「當好朋友」其實都只是一種伏筆，妳心底隱隱期待著，只要關係不斷，你們或許有天就還有機會。

當初，妳留了一條線不想跟他切斷關聯，但沒想到這條線到頭來卻綑住了自己。

妳的「當好朋友」，說明的是妳對你們感情的依戀與臆測；而他的「當好朋友」，不過只是多一個朋友比少一個好。這是女人跟男人的差別，妳終於弄明白了。也就像是他的臉書動態，從來都不閃躲，但卻只有妳在遮掩，計算著一絲一毫。妳還在在意他，還是會被他的情緒所影響，妳還在如此在意著他，就像是你們還在一起一樣。只是，你們早就不在一起了。

妳當然也知道，當不成情侶，能當朋友親人也很好，但就跟兩個人要走在一起一樣，兩者都需要緣分。只不過不同的是，兩個人初相戀時都宛如新生，不管從前種種，你們都有了新的契機；然而分開時，卻是帶著相愛過的包袱往前走，要同行更難。

原來，分手，就只是分手了。不管理由符不符合正確性，不管是不是心平氣和，但只要自己心裡有疙瘩、心裡有依戀，就不要勉強自己去當好人，就不需要勉強非要繼續保持聯繫。妳終於懂了。妳要試著關掉他的臉書，關掉他影響著妳的一分一毫，妳要找自己的快樂與悲傷，還有自己的人生。

如果心裡還有他，就不要裝大氣。因爲，妳的愛很小氣，妳只想給想要的人。

妳的為什麼？以及他的對不起。

一個男人的告白：「男人不是愛撒謊，而是需要說謊時會說謊。」

那句「爲什麼？」從妳的心裡，變成脫口而出的利刃。

幾乎沒有預兆，他向妳提了分手。妳很震驚，「轟」地腦子一片空白，妳反應不過來，但是無法理解的感受大於難受。等妳終於意識過來後，抓著他的手直問：「爲什麼？我做錯了什麼？給我一個理由，不然我無法接受。」妳覺得自己是個無辜的犯人，抓著法官申冤。然而，他說：「對不起，妳很好，是我的問題。」妳無法接受，既然我很好，爲什麼還要離開？

「對不起。」不是答案，而是判刑的宣告。

妳並不是天真，談過幾次戀愛、心碎過幾次，因此早在一段感情的開始就曾經想過或許有一天愛情會有終點，但卻想像不到是以這樣的方式結束。因此，妳還是抓著他問，是不是認識了新的人？是不是自己哪裡做錯了？是不是愛上了誰？妳覺得他一定是虧欠了妳什麼，妳必須要回來。可妳卻忘了，在愛情裡並沒有所謂的虧欠，只有兩情相悅。但妳還是想要一個解答，一個能讓妳當天色漸暗時，可以入眠的理由。妳沒犯了什麼錯，但卻被判了死刑。

他走了以後，妳還在心裡問自己「為什麼？」每問一回，心上的傷就跟著再撕裂一次。妳想了成千上百個疑問，再用成千上百個答案來解答，但裡面沒一個是「他不愛妳」。妳這才發現，得不到的答案原來是一把刺向自己的刀。妳覺得流血是對愛的見證，沒想過是否對不起自己。後來妳也才知道，原來自己要的不是他的理由，妳是要他回來。妳跟他要了一個解釋，不過是想從其中找到可以依憑的點，一個可以讓你們的愛情再繼續的理由。但如果他沒有回來的打算，所有的「爲什麼」也就沒有任何意義。

所謂的理由，都只有在自己願意接受的時候，才能成立。

一直到很後來妳才明白，當一個人不想說一件事的時候，可以編出幾千個謊來遮掩；即使說了，也不一定是眞的。而妳也知道，即使是眞的，自己也會找出上千個理由把它變成假的。原來，自己無論怎樣都要不到答案，因爲妳不接受自己不接受的理由。人會說謊，就像自己也會騙自己一樣。而妳怎麼也沒想到，原來他的那句「對不起，是我的問題。」是他當初對妳說過最誠實的一句話。

他的「對不起。」不能替妳的人生負責，妳的「爲什麼？」也要不回愛情。但確定的是，當初的他已經對自己誠實，只有妳自己還在騙自己。其實他的理由並不重要，因爲妳並不需要藉由他的理由來肯定自己很好，在他說出分手的那一刻，你們的人生再也沒有關聯了。但是，或許妳的愛情已經丟了，至少妳可以要回自己。

妳終於才懂了，其實他從沒有給妳牢籠，是妳偏執地在原地不肯踏出一步。妳關住了自己，然後在裡面喊疼。

妳也終於知道了，愛情裡面並沒有一千個「爲什麼？」，只有一個「不愛了」。

妳的委屈，是他。

一個男人的告白：「人只有在自己想要改變的時候，才會改變。」

「妳總把事情想得太複雜了。」他不止一次這樣說妳，帶著點指責的意味。

妳覺得委屈。

因爲，妳沒有社交圈，身邊朋友都是來往好多年的舊識；妳不去夜店，頂多會在深夜造訪誠品；妳半夜不會有無聲的簡訊，手機裡收到最多的永遠是電信業者的廣告簡訊；妳也一天不會安排三個行程，妳覺得在一個地方待三個鐘頭比在三個地方各待一個鐘頭好。妳當然也知道他的意思，沒有什麼、不要想太多……但妳聽過太多的「沒什麼」，最後都變成了「有什麼」；妳也遭遇過太多「想太多」，最後卻變成「沒機會再想」的時刻，所以妳太懂了。

而且，妳討厭自己覺得委屈。

妳並不是想勉強去改變他，因爲妳知道所有的勉強，最後都會讓妳們的關係變得勉強。妳更知道，他之所以會變成眼前的他、那個妳所愛的他，都是這些生活習性一點一滴累積而成的，如果要推翻，也等於是否定了自己愛的那個人。妳沒那麼年輕，也沒那麼幼稚，妳已經到了會感謝他前女友的年紀了。但唯一沒變的是，對於愛情妳還是同樣小心眼。

妳當然也想過要參與他的這些生活，但後來發現徒勞無功，那並不是妳的世界，妳在裡面總是灰頭土臉，到頭來只有換來一對深邃的黑眼圈。妳用無數個熬夜的夜晚，看過無數個日出之後，終於明瞭，原來自己已經在過不成眠的夜晚了。只不過場域從寂靜的床上轉變成了吵鬧的酒吧而已，妳發現原來昏暗的光線這麼類似，而寂寞的感受也很相同，心裡面的喧嘩聲比身體外的還要大，妳幾乎覺得自己失戀了。

妳擁有了失戀的感受。

你們當然有許多類似的地方，你們都喜歡看冷門的歐洲電影；在看鬼片時大笑的時間比手摀住眼睛的時間多；都愛聽流行的芭樂歌曲，越灑狗血的越喜愛，所以你們才會在一起。也所以妳才有了掙扎、所以妳才會被捨不得拖著走。

因此，妳要自己努力去試、用盡力氣去試過了。也所以現在妳才會覺得，該換他了。妳不是天真的覺得愛情要公平，但卻知道互相是必須。一起調整、一起磨合，再繼續相愛，這才是愛情。妳覺得一個人有必要爲了另一個他愛的人去調整自己，他有這樣的義務，妳偏執地這樣認定。起碼這是妳要的愛情。

妳的委屈，源自於他認爲妳的委屈沒有來由。

去夜店的不是妳、一天趕三個邀約的也不是妳、深夜有無聲簡訊的也不是妳，但他說，是妳想太多。而他說的這句話，恰巧讓這些勉強都失去了理由。妳想得很多，但沒想到的是，他的生活會變成妳的無理取鬧。

妳也沒有想到的是，換個男人，其實比要求他容易許多。

相處的每一刻
都是蛛絲馬跡。

一個男人的告白：「為什麼男人總不喜歡宣揚感情狀態？因為我們很膚淺，需要被崇拜。」

妳察覺到你們的關係起了變化，並不是從臉書訊息或半夜簡訊得來的，而是相處細節。

你們在一起很久了，久到妳把他在身邊當作是一種呼吸般自然，你們一起吃飯、一起逛超市、一起逛花市，也一起買了白色的被單，他怕髒，妳說常洗就好。你們花了很久的時間才建立起默契，那些相處點滴打造出你們的感情輪廓，你們在裡面生活，然後再繼續相愛。你們不只活在同一個世界，也是活在彼此的生活裡，安穩舒適，不管外面風吹雨下。

也因爲他，妳才了解，所謂的感情生活，指的不是在生活裡面談戀愛，而是把愛情變成是一種生活。

你們太熟悉彼此，就因爲如此，即使只有一點點的細微轉變妳都可以感受到。你們是彼此的城堡，妳沒看到雨灑進屋內，卻發現陽台上掛了一條濕的抹布。妳知道有什麼改變了。他還是會每天向妳報告今天的行程，要去哪開會、誰約了吃飯、每週二、週三晚上要去運動，甚至連睡前的電話都沒少過。一切都如以往，卻也一切都不像以往。

還沒見到面，妳就先感受到言語的轉變，他慣有的開朗語調低了一些，就像是KTV裡有人降了半Key在唱歌，但因爲妳太熟悉這首歌，所以輕易就發現了不一樣。跟著，並肩吃飯時，他不再用手指偷戳妳的側腰，故意討妳撒嬌的罵。然後，一起過馬路時，他偶爾會忘了去拉妳的手，逕自越過斑馬線。一切都跟以往很像，但一定有什麼不一樣了。人不完美，也很難完美，即使言語再周全，身體的自然反應還是洩了底。

妳才發現，偵探遊戲不是臉書或電子信箱，你們相處的每一刻都是蛛絲馬跡。

於是，妳開始從他的臉書上找解答。他是否新認識了誰？最近與誰的互動最熱絡？沒有任何發現後，妳也開始有意無意地詢問試探著他，但除了那些改變，得到的答案都是同樣一個：「妳想太多了。」其實妳討厭這樣的自己，這讓妳晚上睡不好，腦子充滿負面的思考，可是，你們曾經相愛的一切如此明確，一點點的差異其實都昭然若揭。

而他也忘了，世界是一連串的巧合所組成，人再怎麼縝密計畫，也抵不過因緣際會。就像是妳跟他相遇，愛情也是一種巧合。也就像是，他們特意選擇了一個郊區約會，但就是會恰巧有朋友剛好在當天前往，一句：「那天我在夜市看到他，你們怎麼會跑到那麼遠的地方去逛？」就把所有謎題給解開。就是那天，他向妳說他累了，一下班就要回家休息。跟著妳也才想起，他臉書上有一個新加的女性朋友，就在那天Po了張夜市的相片，一臉甜蜜。

原來，臉書從來都只是印證，而不是線索，一旦開始在臉書上找訊息，就表示了只是準備驗證自己的懷疑。而感情狀態，也只是參考。

他的感情狀態還是掛著「穩定交往中」，妳這才驚覺，所謂的「穩定交往」，示意的並不是「不可以再跟另一個人談戀愛」，而是「我們的戀愛會有點阻礙」。當下妳才懂了，「穩定交往」指的不是兩個人的關係，而是一個人的心態。一個人的心如果夠安穩，感情狀態掛單身都不一定會變心；但要是不定，結了婚還是會被誘惑。充其量，感情狀態只能制止住一些明者，但擋不了想要暗著來的人。

但妳還沒想要揭穿，一切塵埃落定，妳終於確定了所有疑慮，雖然傷心，但卻感到踏實。再也不必去猜測、再也不必去預設，生平第一次妳覺得自己可以悲傷得如此腳踏實地，妳覺得好笑。妳也不打算哭、更不要去鬧，妳向來都不喜歡爭奪，何況是愛情。妳不要妳的愛情是爭奪來的。妳並不是不遺憾你們多年的感情，而是，早在他瞞著妳跟她約會時，你們的感情早就不在他的考慮範圍之內了。妳不要爲了他，再多傷一點心。

所以，妳也沒必要去戳破，因爲妳想要看他在妳面前還能說什麼謊，他們死不承認的愛，在這一刻妳拿回了優勢。他們在暗，妳在明。妳也才明瞭，原來這是妳的創傷處理，每當他當著妳的面多說一次謊，妳的心就可以多死一些。這何嘗不是一種他對妳的補償，讓妳可以無牽掛的離去。而他們那看似見不得光的愛情，其實妳知道，要是眞的一見光，枯萎的不會是他們的愛情，而是你們的。

但同時妳也清楚，最寒冷的黑夜已經過去，妳想睜開雙眼看到黎明降臨，而不是躲開。妳不勇敢，但在學著讓自己堅強。然後，去相信太陽終會再次照耀。

想念的瞬間，愛情崩壞。

一個男人的告白：「精神外遇比肉體外遇可怕。因為肉體有賞味期，而且心始終還在；但精神外遇則不然，一旦心走了，肉體更別想留住。」

原來，愛情的崩塌最初始，是從想念開始。

他跟妳揮了手道再見，不過一個轉身，妳發現自己竟然已經開始想念他。他的帶著笑意的眼神、咬手指的小動作，還有那些不好笑的冷笑話，妳都懷念著。你們相處的每個細節都在妳的腦海裡打轉，妳不時想起，微笑。他說，他也想妳，妳聽到又笑了。然後，你們很快又見了面。

一開始，妳並沒有意識到發生了什麼事，妳向來都是跟隨著自己的心，任何一段愛情不都是這樣。只是唯一可以確定的是，不管是怎麼開始的，但等到妳意識到時，自己已經撒了一百個謊。而不管劇情如何轉折，最終都只會是：妳放縱了自己去想他，跟著，也給了他愛妳的機會。

於是妳才懂，關於愛情，最可怕並不是在於變心，而是明知道自己是在做錯的事，但卻依然繼續。

也就是那時候妳更明白了，不管之後的說詞如何更改、心意如何轉換，但妳心裡都清楚地知道，其實自己早在那一刻就做了決定，自己早在那一刻就背棄了自己已擁有的愛情。所以即使後來再如何懺悔，妳都知道，自己曾經如此輕易地就放棄了那麼珍視的關係。而妳的那個他，是有理由可以不原諒妳。

因爲，好與不好是比較出來的。因此，妳開始想他的不好，妳把新人的好拿來對照舊人的不好，他幽默、他會逗妳開心、他會哄妳……而這些，他都做不到。那些妳對愛曾有的想像，都在新人身上實現了，你們如此歡欣雀躍，高高躍起，一落下，就把舊有的愛情踩在腳下，支離破碎。因爲太歡愉，妳甚至沒聽到碎裂的聲音。

妳用了新人的一聲歡呼，就否定了他所有的好。這點最叫他傷心。

但很後來妳也才知道，原來愛情並沒有新的或舊的，只有好的與不好的，而適合的就是好的，不適合的就是壞，其實道理很簡單。就像是妳會跟他在一起好幾個年頭，靠得並不是緣分，而是你們一直都不想分開，你們沒有分開的理由，如此而已。你們適不適合？能夠在一起這麼久，就是說明。這也是妳很後來才體悟到的事。只不過當時，妳誤把新的當成了好的。

而他原有的的那些不足，那些妳以爲的不得不，其實都只是一種不滿足。妳曾經認爲這是一種往更好境地的追求，這是一種人的本能，像是動物趨光。但愛情在最多的時候，需要的就只是一種認定，而不是論定。

因爲，好，永遠都會是一種追尋，愛情需要的並不是一個人去追求更好，而是要兩個人一起變得更好。

愛情裡面沒有不得不，只有選擇。愛情裡面的每個不得不，直指的都是另一個人的傷心。妳明瞭了、學會了，妳的傷心微不足道，但至少妳希望他沒有白白傷心。

愛情結束，終結了語言。

一個男人的告白：「分手後，再把東西要回來很丟臉。但是，不拿回來，也很浪費。」

關於愛情的結束，最叫妳傷心的並不是你們分手了。而是，他否定了妳的好。

先是讓渡了妳的名分，接著過繼了妳的情感，最後再切割了你們共有的一切或不是共有的之後，無論過程多麼折磨人，至少你們的愛情終於塵埃落定，至少你們共同去完成了一件事。原本，妳以爲這些已經夠叫人傷心了，但妳卻怎麼也沒想到，到了最後，他連妳的好都要一併拿走。

他開始訴說妳的不是。妳如何不好、如何不對，所以愛情才會演變成今天這般田地。妳當然懂，人是一種會自保的動物，一旦遇到危機時就會尋求掩護，以求安然。因此，他用妳的不好來掩飾自己的虧欠，因爲只要妳也有不對、只要妳也有錯，他就可以不必那麼自責、他就可以把錯多讓渡一些出去，然後在夜裡睡得更好。

他用指責妳，來讓自己心安理得。對此，妳有點灰心。

每個人都不完美，兩個人在一起也很難完美，完美是一種理想，但愛情常常都是存在於現實當中。所以，人都會有所不足，雖然妳並不完美，但他又何嘗不是？也就像是言語一樣，眞心要找出漏洞的話，易如反掌。妳無法一一去解釋，永遠都有解答不完的提問，妳只能做到一定的限度，然後，希望了解妳的人可以信任妳，如此而已。愛情也是一樣。

因此，當那個在過去幾年曾是妳最親密的人，妳覺得他應該最是了解妳的那個人，竟然用他人的話來指責妳的不是時，這點最叫妳傷心。

再者，你們分開的原因，從來都不是因爲妳的這些一點點不足夠，但現在，他們卻成了他手裡握有的武器，矛頭指向了妳。他的火力不強，但卻轟得妳粉身碎骨，妳最後所捍衛的你們愛情餘溫的城池，就這樣被攻佔了下來。你們的愛情死無葬身之地。

妳曾以爲，即使分手了，無論過程如何狼狽、結局如何殘敗，但妳最後仍然可以保有一絲好的回憶。那些你們曾給彼此的好、曾對彼此的付出，都那麼珍貴，那些都證明了你們的愛眞實存在的痕跡，因此妳很珍惜。但妳這時也才明瞭，原來珍惜也跟愛情很像，要兩個人同時認同，才會存在。

於是，妳再也無法言語。妳早已受了傷，再沒有多餘的力氣去解釋些什麼。又或是，又該說些什麼才好？如果幾個寒暑的朝夕相處，最後得來的是他的指責，現在的解釋都只是多餘。就像是妳所珍惜的愛情一樣，多餘。他不僅帶走了你們的愛情，也奪走了妳的語言。

於是，妳不再說話。這不是一種抗議，更不是退讓，而是一種保有，因爲，最終妳還是想要去相信愛，相信愛情的光明面。你們的愛已經衰敗，但至少妳想要保有自己對愛情的最後一點信仰。

沈澱

……不能夠敗給了，寂寞……

愛，如此微不足道、難以言喻，
但卻是妳的全部。
還記得嗎？
妳曾經是這樣的自己。

在想念之後，遺忘之前。

一個男人的告白：「忘記一個人要多久？三天？不然一個禮拜夠不夠？時間不是拿來浪費用的，就算是真的要揮霍，也該拿點什麼回來，而不是空手而回。」

那時候妳才明白了靜止的意義，雖然時間在前進，周遭的事物也在變換，但妳卻覺得自己站在原地，像是電影裡的特殊畫面，周圍再與自己無關，這就是靜止。

他離開以後，有好長一段時間妳都是這樣生活著，不，不能說是「生活著」，因爲這樣並不能算是一種活著的方式，就連最低限度的起伏妳都感受不到，在大多數時候，妳只是任由時間在自己身旁經過。妳並沒有去做些什麼，甚至就連努力的嘗試都不曾有過，因爲當時的妳，連自己都不要了，妳只記得自己是怎麼不被他想要。

妳無時無刻都在想著他，他從心跑到妳的腦裡張狂，更精確地說，是妳生活周遭的每一件事物都提醒了妳他的存在，可能是誰的一句問候、一個嘴角牽動，或是不小心翻到一張兩個人一起去看過的電影票根，都會讓妳想起他，從眼裡滲到最心底，再到思考裡。這是想念的最高等級。妳無法不去想他，因此，當所有的人都勸妳多想想自己時，妳都會感到莫名的憤怒，他們不懂，如果眞這麼容易就可以做得到的話，妳何苦如此爲難自己。他們把妳的苦說成是一種自討苦。但也唯有經歷過後妳才懂，他們並不是不能體諒，而是那其實是最切實際的思量。

疼痛，是想念的計算單位，有多思念一個人，疼痛就會有多強烈。

再後來，妳發現自己沒那麼想他了。但妳清楚知道他還在，他還是會在某個不經意的時刻，突然躍入妳的眼簾，只是，終於不再伴隨著劇烈的刺痛。那些妳以爲是愛的證明的疤痕，妳不再把它拿來當作悼念，緊抓不放，妳終於可以在大多數時間裡，專心想自己。妳才更明白了，這原來竟是一種歷程，有先後順序，妳只能按照步驟所記，唯一的差別是時間的快慢。

但連妳，都不知道自己怎麼走過這些時間的，所謂的「走過來」，對妳而言並不具任何意義，因爲妳只是撐著，咬著牙去過一天，在快要放棄的時候，告訴自己至少撐過今天，然後一路走到現在。但也就是走過這些妳才懂了，原來當初很多自己以爲過不了的難關，在最多時候自己所能做的努力其實就是撐著。

原來，堅持不放棄、不被現實打敗，不讓信仰功虧一簣，就是一種努力的方式，然後，有天就會得到答案，或長或短。

沒那麼想他，離遺忘還很遠，妳當然知道。但妳想，這起碼是第一步，讓自己的生活不再被他所牽制，過得像自己，就很値得驕傲。因爲只有妳知道自己曾經如何不想活，現在又是如何活了下來。也就像是「撐下來」，妳明白它的意義，它給了妳往前的指引，不再去求多，妳只要爲自己做好這件事，就很好。妳答應自己。

「我離開他了。」有天，妳想要親口這樣說，不再是他離開了妳，而在這之前，妳要一直很努力。

妳要的不是愛情，而是，愛的夠久。

一個男人的告白：「在愛裡就笑、丟了愛就哭，該悲傷就悲傷、該開心就開心，不要去忍、去演、去假裝不在意，享受愛的每一刻才是真的。」

傷心了就會哭、開心了就會笑，這是身而為人的本能，不用學習、也不用模仿，自然而然就會。其實，愛情也是。

妳相信，愛情是一種本能，每個人天生都具有這樣的能力，即便是那些嘴裡逞強說著不再愛的人，其實都只是沒遇到一個誰而已。可能是因為受過傷，所以才抗拒愛，並不是沒有了愛。但只要那個人出現了，在某年某天的某一刻，就會再去相戀。這是妳對愛的基本信念與依據。妳一直都是以這樣的方式在愛裡悠遊、怡然自得，不做他想，就像是愛裡的專心一志，妳只管去愛著愛。

因此，妳也從來都沒想過這樣是否不對？一直到某天，有人用「沒感覺了」將妳拋下時，妳才發現自己一直賴以爲藉的本能，其實是助長的秧苗。妳受到驚嚇，什麼是「沒感覺了」？要怎麼找回來？那又爲什麼他沒感覺了，但妳的感覺卻還在？到最後，妳甚至顧不了自己的感覺，只在意他的感覺。愛情讓妳不愛自己，再把對自己的好建立在別人上頭，然後不以爲意。但是，妳仍然追著要他的感覺。

也就是那時候妳才懂了，我們有多把愛情寄託在虛無飄渺上，有一天它就會用同樣的方式離開妳。而自己連反駁的餘地都沒有。

因爲，愛的來去之所以如此容易，就在於我們總是太依賴本能，先是憑藉著本能去愛，然後再憑藉著本能去不愛。這是因爲我們關於愛的那些付出，都是依賴本能而來，因爲愛了，所以才去付出；一旦愛的感覺消失了，就停止付出。原來一直以來我們都只是在愛人，而不是去繼續愛一個人，我們的愛永遠都只是現在式，僅僅都只是當下，而不是未來式。我們不知道如何維持愛的感受。

跟著妳才驚覺，原來我們愛的其實是本能，從來都不是愛本身。

終於在愛過幾回之後，妳明白了，這竟是一種完美的自以爲。就因爲覺得愛是與生俱來，所以不需要努力就可以擁有，也因此，更讓人誤以爲只要有愛就可以。但常常愛情的結束都不是因爲沒有愛，而是愛還足夠，但努力卻不夠。愛是努力的基本要件，但努力卻才是愛得以持續的主要關鍵。當然，愛是一種本能，但並不是要我們單單只用本能去愛，愛情，同時也包含了學習與成長。

學習如何去愛一個人時也喜歡自己；學習去顧慮對方的感受也體會自己的；學習去對一個人好的同時也不忽略自己；學習對得起別人前要先對得自己；學習不把過去當成阻礙而是助力。最後，再去學習不單單是因為有愛才付出，而是只要付出，愛就會回報予愛，然後再一起往下走。

先是用本能去愛人，再用自己後天的努力去讓愛久一點。愛情，或許講的就是這兩者的相乘，妳很慶幸自己懂了，然後，也努力要去試了。最後再努力去相信。

保有
讓自己再幸福
一次的機會。

一個男人的告白：「初戀之所以難忘，並不是因為她最美、最好。而是，曾經有人讓你覺得，她是最美、最好。」

甜美氣味、七彩泡泡，還有玫瑰與心跳聲，妳，還記得第一次心動的感覺嗎？

只爲了一個若有似無的眼神，便可以揚起一整天的嘴角；只爲了一句想要表白的話，就可以輾轉難眠一整夜；只爲了一句的無意口角，便覺得世界要塌了；只爲了一通電話的開場白，就練習了三十分鐘。愛，如此微不足道、難以言喻，但卻是妳的全部。還記得嗎？妳曾經是這樣的自己。

然後，妳長大了。人總是抵不過時間，即使賴著不動也會被拖著往前走，妳知道的事越來越多、認識的人越來越多，但不知怎麼的，愛情卻越來越難以搞懂。妳聽了所有的勸告，學會努力去對自己好，卻忘了該怎麼對另一個人好。妳曾以爲自己終於成熟了，可以抵擋挫折失敗，但在愛情面前立即就被打回了原形，妳發現還是那個小孩，那個當初只因爲一句爭吵就流著淚在街頭狂奔的小孩。

妳才發現，原來，愛情，並不會隨著歲月經歷一起長大。在愛裡，妳一直都是患得患失。

但其實，妳還是有點不同了，妳分不清是好還是壞，但有時候，妳會想起那個很年輕的自己。那時候，賺的比較少、知道的也不多，但卻那麼容易就可以快樂。現在，常常連要眞心地從心底笑出來，都沒那麼容易。因爲太怕受傷，妳學會防備、學會閃躲，原以爲這是一種自保，但沒想到卻連簡單都給一起避開了。所以，偶爾妳會懷念年輕時的自己，那個剛開始戀愛的自己。

而在更多時候，妳最懷念的其實是那個勇敢的自己。那時候的妳，即使受了傷、淚流滿面，但仍舊相信未來的美好，在傷心的同時可以保有迎接下一段戀情的想望，不曾動搖。那時候的妳，不曾懷疑過愛情的美好，然而，現在的自己，卻常常在還沒開始，就覺得以後不會好。所以，妳才選擇保有現在的自己。

妳之所以抗拒愛情的降臨，不是因爲妳不要，而是不敢要。怕一旦要了，以後就日夜都不得安寧；怕一旦拿了，以後心碎一地都還不起。

妳也把它拿來當作是一種自我保護措施，在很多時候妳也能自滿，妳告訴自己這樣很好，但唯有在想起當時的自己時，才會翻天覆地。因爲它總會提醒了妳，自己的缺乏。年輕的戀愛最可怕的地方在於，它建立了一個愛情的典型，無論是好、是壞，最後都在妳往後的所有戀愛上發酵，產生影響。妳會拿以前失敗的例子當作是往後的對照，然後退卻。

可是其實妳心理清楚知道，愛情並沒有錯，只有遇到了壞的人，它才會跟著腐壞。就像是，愛情並沒有保鮮期限，但人心才有一樣。於是妳才慢慢體悟到，自己所拒絕的不是愛情，而是讓自己再幸福一次的機會。原來是妳自己否定了自己還可以再擁有愛情的可能。人可以不需要愛情而活著，但是，不要因為是害怕了，所以才不要了，如果還有愛，不去愛多浪費。

因此，妳，還記得第一次心動的感覺嗎？無論如何，都請不要忘了心動的感覺，記得那個自己，好好珍惜，然後，讓自己再有機會去擁有幸福。

幾乎忘了怎麼去，愛。

一個男人的告白：「愛一個人怎麼會忘？就是很想見她、很想見她、很想見她，這就是愛一個人的感覺。」

很後來的妳才懂，讓愛消失的，從來都不是因爲太久的空窗，或是漫長的等待，而是，自己的膽怯。

單身最可怕的事情，不是妳會去細數一個人的日子，而是妳甚至是刻意不去記憶，但卻清楚知道自己獨身了多久。妳還記得他離開的日期，某年某月某日，就連他最後轉身的背影，也都一併深刻烙印在妳的腦海裡。記憶演化成生命，不斷在妳的日常生活跳動，已經不是一種習慣，而是一種常態，時時提醒著妳——妳是單身。

然後，更可怕的是，妳花那麼長一段時間才建構起來的勇氣，那些伴隨著他的離去而消失殆盡的愛的信念，妳好不容易才終於又找了回來，但隨著單身的時間拉長，又跟著統統給還了回去。那些在他之後的人，都只是過路，即使停駐也來不及留下些什麼，就又隨著步伐一起遠離，連帶也跟著帶走了一些妳的氣力。就像是爲了準備過冬而儲存的乾柴，妳一點一滴耗盡，怎麼都沒料到這回春天來得晚，妳只得打著哆嗦靠意志力撐下去。

於是，妳覺得自己沒有愛了，妳覺得自己已經忘了怎麼去愛一個人了。原來，愛情跟勇氣是在一起的，勇氣不見了，愛才會消失。

有些人因爲愛而產生了力量，所以得以去愛人，變得勇敢堅強，這是一種好運氣，但卻可遇不可求。因爲這是一種被動，妳等待，然後他出現、剛好住了下來，人人稱羨。但愛情，向來都是只能自力更生，而不是天降甘霖。所以，如果可以自己先保有了勇氣，盡力去準備好自己，這樣當愛出現的時候，就不會因而錯過。或許，愛情準備不來，但準備自己卻可以。而這可能也是愛情裡面，妳所能夠做到的、所能夠去努力的最大的部分。

最終可以確定的是，**勇氣不管先來後到，都是相愛的前提，但別開臉了、卻步了，都是一種把愛往外推的方式。**

於是妳才發現，那些負心的人，其實負的是以前的妳，但卻是自己負了以後的自己。他帶走了你們的愛情，但妳卻把未來的愛情都一併託付給過去，所以現在才會裹足不前。妳沒有在等他回來，只是一直站在原地，這是一種變相的等待，只是沒有目標方向，等到驚覺到了這點以後，妳才覺得有點可笑。原來這竟也是另一種惦記，妳把以後的失敗都怪罪給他，於是，以後再也忘不了他，可其實妳並不再想要他。

但原來，自己如此害怕失去愛人的能力，其實正是說明了愛的存在，因爲，不存在的東西是不會消失的。而那些懷疑，都只是一種堅定的過程，最後妳才體悟到這件事。

那些挫敗讓妳確信了，愛是一種發自內心，與生俱來，所以再不用擔心自己的愛會消失，因爲只要妳還想要去愛，它就會一直存在。而在那個人出現了之前，妳只要學會先把勇氣收好，不要讓它消失，有那麼一天，就會派上用場，然後再去相愛一場。

寂寞了，我不相信寂寞。

一個男人的告白：「寂寞？找人喝酒、找人打屁聊天、找人做什麼都好，就是不能談論它。只要不談論它，它就不會是真的。」

愛一個人可以有成千上百個原因，但裡面最不應該包含的是，寂寞。

總是難免會這樣，因爲漫長的等待，或是經歷了幾次有機會開始卻終究未果的關係，妳輕易地就愛上了一個人。常常愛情最可怕的事之一是，妳明明知道錯了，但卻收不了手，最後終至粉身碎骨，但即便是這樣，至少妳還曾經擁有過了愛；然而更糟的卻是，自己假裝愛上了一個誰，不僅欺騙別人、也騙了自己，可是到最後卻連愛都無法拿出來炫耀，一種一無所有。

妳曾經在某個地方看過這樣一句話：「兩個人在一起，做得最多的事情就是陪伴。」彷彿大夢初醒般，妳點頭稱是，於是找了個人作陪，仿效模擬。可是，愛情是模仿不來的，就如同學不會別人的戀愛模式一樣，因爲愛情的配方是專利，這邊多些、那邊少一點，就只差一點點但卻完全不一樣，愛情就是難在它的獨一性。而妳更忘了，所謂的「陪伴」應該是建立在愛情上頭，而不能越過它，就把陪伴當作是愛。

也所以，妳才會覺得，怎麼愛了還是感覺寂寞？因爲，寂寞指的並不是身邊有沒有個誰，而是心裡沒有住了個人。

日久生情可以是一種愛的方式，但裡面怎樣都不應該只是寂寞，也就像是因爲愛上一個人，所以習慣，但習慣了一個人，卻並不一定是愛。如果因爲寂寞而愛上了一個人，只會把愛變成了一種排遣，妳用愛來打發時間，只要他在的時候妳就不覺得落單，但回到家之後，一打開門卻發現寂寞還等在裡頭，從來都沒離開過。於是妳驚覺，原來，是自己把愛情變成了一種填空的遊戲。它對妳的意義並不是相愛，而是逃避。

因爲輸給了寂寞所以戀愛，再因爲失戀了敗給了愛情，到最後就會連自己都給輸掉。妳一敗塗地，還得背負上「負心」的罪名，妳無法對另一個人負責，因爲妳連自己都無法交代。那時候妳才懂了，原來所有愛情的開始都是要先過了自己這一關才算數，而這一關，別人無法勉強、無法指揮，妳只能自己去感受。就像是孤單和獨處不一樣，妳試著去分辨而不是妥協：妳學著去喜歡一個人，而不是習慣一個人。

沒有愛，或許會讓人有時感到寂寞；但因爲寂寞了而去愛人，可能不小心就會寂寞一輩子。

所以，即使寂寞如此深刻，但妳不相信寂寞，因爲在愛裡的寂寞只會壞事。寂寞會讓人把假的當成眞的，以爲是一種陽光、一種光的折射，把水氣變成彩虹，覺得靠近點就可以擁有，但卻無法眞的觸摸到。妳不相信寂寞，因爲妳不想敷衍地被對待，所以更不能輕率地去對待別人，因爲妳如此看重自己的愛，所以別人也才會有理由去尊重。

妳不想因爲寂寞而去愛上一個人，而是想要因爲愛上了，所以才去愛一個人。妳想把某個人擺進心裡，而不是只牽在手心裡。

妳用自己的方式，等待自己的王子。

一個男人的告白：「夢中情人只存在於夢中，為什麼女人老是忽略前面那兩個字。」

妳經歷過那樣的情境。

一個男人旋風般的出現在妳面前，妳目眩神迷，然後在自己什麼都沒意識到的狀況下，等到驚覺時便已經身在其中。這是一見鍾情，在妳還很年輕的時候發生過。

但現在的妳已經不相信一見鍾情了，妳早已經過了小女孩的年紀，童話早在第一次、當那個男孩手機裡半夜傳來另一個女生的簡訊時，便已崩壞瓦解。那聲劃破空氣的機器鈴聲聲響，妳至今仍然記得很清楚，所以妳再也不相信一見鍾情了。

從此，妳開始用標準來衡量一段感情，他的年紀、他的學歷、他的待遇，甚至是他的身高，只要是想得到的，妳都可以訂定出一套衡量的基準。只要過得了那些關卡，才能拿到晉級的入場券。妳做了一個天秤，把每個男人擺在上面秤斤論兩，但最後總發現對方永遠太輕，怎麼樣也在妳的心裡占不了重量。妳開出許多條件，最後卻發現自己考量的都在這些範圍之外，而那張入場券自始至終都握在自己手裡面，怎樣都沒有人拿到過。妳這才明白，不是他們不夠好，而是自己要的不只是好。

原來，妳心裡還是覺得會有白馬王子存在。

妳發現自己還是當年那個小女孩，那個半夜流著眼淚衝出男友家門，但心裡還是暗自希望他會拉住妳手的小女孩。妳知道他是田徑高手，因此期待著他會追上來，可沒想到從此被放逐。那一夜妳的夢並沒有毀滅，妳撿起散落一地的碎片，然後繼續等待可以拼湊的另一半。妳只是學會把心藏好，不輕易被人發現。

只是妳不再覺得白馬王子是某一種特定的類型，妳不需要王子的救贖，也不需要王子把妳從噴火惡龍手中拯救出來，因爲比起在馬背上奔馳的刺激，現在的妳比較喜歡兩個人牽手走路。年少輕狂的愛戀已經從妳身上卸下，妳開始知道自己要的是什麼感情，而不是追求誇耀的戀愛。妳更知道，白馬王子並不需要有白馬，手的溫度比甜言蜜語有用。

妳也學會不再單憑感覺，因爲雖然感覺不會騙人，但人卻會說謊，尤其是自己騙自己。妳上過別人的當，但到頭來發現最可怕的是自己設的陷阱。就像是一見鍾情，原來只是一種情感的投射，而不是一種依據；妳把自己對愛情的想像，放到另一個人身上，覺得自己被上天眷顧。妳編織了一個美夢給自己，誰也搖不醒，就像是海市蜃樓一樣，妳眼睛看得見，但卻永遠抵達不了。

當然妳還是會跟隨心的想望，但同時卻也清楚所謂的王子，全端看自己需要什麼人而定。妳花了很長一段時間才弄懂，白馬王子是一種自覺，而不是一種規範。妳相信繞了那麼大一圈，都是爲了讓妳搞懂這些事，都是爲了讓妳把自己準備好，然後等待他的出現。

妳知道自己並不是在原地踏步，而是在以自己的方式在前進，如同自己的王子也不需要別人的認同。

以前的妳相信運氣，現在的妳比較相信眼見爲憑，覺得福分是自己掙來的。所以妳用自己的方式，等待妳的王子出現。

不再愛的理由。

一個男人的告白：「沒錢，還有……還有……我想不出來。」

到後來，妳發現單身幾乎變成了一種刻意。

妳的人生一直都在軌道上，國小、國中、高中，然後接著上大學再進入職場一樣，妳一直都跟著大家的進程，從來都沒有偏離航道過。但是突然間，妳卻發現自己變成了永遠的單身進行式。事情怎麼發生的，其實妳並不清楚，只是可以確定的是，等到妳察覺時，自己已經處於一個人的狀態好長一段時間。然後，時間長到妳再也不去計算，也不去記憶。再後來，人們不再詢問妳最近有沒有認識誰？也不再試著幫妳介紹對象。就像是小時候的遠足，妳一直跟著隊伍走，最後卻發現自己迷路在黑暗的森林，妳的同伴都不見了。而妳走到了這。

妳不是排斥愛情，但是「單身」卻變成了妳的標籤。

但其實，單身一直都不在妳的人生選項裡頭，妳的目標是有人陪在身邊，有兩個孩子，可以的話再養條狗，在沒孩子之前則是每年一次的旅行。妳都想過這些事，唯一沒想到是自己會是一個人。妳也從沒想過，繞了一大圈之後，妳竟然還站在原地。妳談過幾場戀愛，也轟轟烈烈過，但最後都以心碎收場。然後，心每破碎一次，就比上一次再更難復原一點。

跟著妳也才發現，大多數時候，人會越來越能忍受傷痛，一次、兩次……更多次之後，會越來越能適應，就像是某種進化一樣。妳習慣了痛的存在，它是妳的一部分。但是，只有愛情不一樣，它讓人越來越害怕，只要多受一次傷，心就跟著變膽小了一點。甚至，妳覺得自己再也不會復原了。

妳開始悲觀，遇到不錯的對象，妳想到的都是上一次分手的場景；聽到讚美的話語，妳腦子裡都是整地的心碎；看到對方的笑容，妳看到的都是自己最後的哭泣的臉。妳開始躲，對方多一點妳就縮一些；對方踏出一步，妳就往後退兩步。最後，離愛越來越遠。妳以爲妳避開的是地雷區，但沒想到推開的是愛情。

到最後，沒有了選擇，變成了妳的選擇。

妳從沒想過不要戀愛，妳也不是害怕受傷。妳只是怕痛。妳怕那種以爲自己永遠都治療不好的痛，妳怕那種覺得自己要習慣這種痛苦一輩子的痛。因爲妳知道，傷口雖然會癒合，但是痛的感覺卻不會消失。

它是影子，在每回想起時，妳便發現原來它就在腳跟，然後跟著再痛一次。於是，妳不再試著去愛了。

但是妳卻忘了，不愛跟不痛之間其實並沒有關聯。妳以為只要不愛了，痛苦就能夠減少，但沒想到，因為不愛而不去愛，只會一再提醒妳那些得不到的有多美好。然後，痛得更劇烈。妳原以為自己有選擇權，但原來是把選擇權丟了出去。妳沒有操控自己的生死，妳只決定了自己的絕路。

愛情很難，但也很美好。在大多數時候，愛情都需要仰賴一點運氣，妳或許無法跟老天爺追討，但妳卻可以決定多給自己一些機會。然後，下一次更靠近永遠一點。

不愛了之前，還要繼續去愛。

一個男人的告白：「戀愛才不重要，所以幹嘛要如此慎重其事的說『不要』。」

後來，妳說，妳再也不要戀愛了。

那種在上班時盯著電腦螢幕卻會突然失神，等到回過神來才發現自己雙頰溼潤；那種走路在街上會失去記憶，等到清醒時才發現自己正站在妳們約會常去的餐廳門口；還有在夜晚翻來覆去，想哭卻流不出眼淚的經歷，妳已經有過就夠了。也就是那時候妳才知道，原來痛的極限是沒有感覺，麻木，因爲心早就不在自己身上，怎麼會有知覺。不是覺得痛，反而覺得心是空的。所以，那種身體跟心都不是自己的感覺，妳再也、再也不要了。

妳說，因爲妳想要過的更好。以前沒有愛的妳可以過得很好，現在也一定可以。

妳害怕了。妳不想再把自己交出去，因爲妳曾經那麼全心全意，但結果卻是支離破碎。妳曾經以爲順著道路就可以抵達遠方，但沒想到卻在他鄉被拋下，妳再也回不去從前，但也抵達不了未來。就像是去赴一場約，半路上對方突然來電取消，妳不知道該繼續往前還是後退，毫無預警地，妳就被困在中央，進退不得。妳眞的怕了。

所以，妳說，妳不要再愛了。生命中還有其他美好的事情。

妳把加班拿來當消遣，希望辦公室的燈可以照亮夜晚的黑，文件疊得越高越可以遮蔽心理的慌。妳靠瑜伽來打發不加班的空檔，然後看到鏡子裡的完美姿勢發出滿意的眼光，覺得日益結實的肌肉似乎也塡補了心上的缺口。妳用吃喝來度過假日的時間，然後在夜店喝到微醺，覺得這一輩子有了這些好朋友就足夠了。但在踏出酒吧門口的那一刻，才發現蹣跚的步伐讓妳感覺更不踏實，每踩出的每一步都像踏在軟爛的泥巴上，讓妳慌張。即使是盛夏仍舊覺得寒冷，身體裡的酒精也抵擋不住吹來的夜風。

妳把越來越多東西往時間裡倒，才發現，溢出來的是寂寞。

再後來，妳看著行事曆上滿檔的行程表，卻發現寂寞就像上面的紅字一樣，跟著脹大；妳在聚會的場合，懷念起每隔半小時就有人打電話來催妳回家的時光。然後在回家關上房門的那一刻，痛恨自己怎麼沒有再喝醉一點，好讓自己可以倒頭就睡。

因爲，愛是無法彌補的。就像發現聖誕老公公不存在的那天，妳擁有的夢也已經跟以前不一樣了。移動的越是頻繁、認識的人越是多，就越是發現那塊缺口沒有什麼可以填滿。

妳可以選擇要愛或不要愛，但無法否認愛的獨特性。當然、當然，一個人還是很好，但妳怎麼樣也忘不了，兩個人可以有多好。一個人可以不談戀愛，但要對得起自己；一旦談了戀愛，就不能辜負自己。

一旦妳發現過愛，它就從此存在。即使不愛了，也是自己的選擇，而不是跟現實投降，但在此之前，還要繼續去愛。

好朋友的男朋友是我的前男友。

一個男人的告白：「可以接受自己的前女友跟自己的朋友在一起嗎？當然不行。」

除非夠幸運，否則每個人都會是誰的前男友，或前女友。

這件事一點都不稀奇，直到她告訴妳，她跟他在一起了，才起了變化。他，是妳的前男友。豈止驚訝，妳無比震驚，下一秒就覺得自己被背叛。接著，妳對她發了不曾有過的脾氣。然後，她在電話那頭不斷道歉。一句「對不起」、兩句「對不起」……突然間，妳才覺得荒唐。她為什麼要跟妳道歉？自己又憑什麼可以責怪她？因為妳跟他，早就是沒有關聯的人了。

她的坦白，是一種對妳的心情的照顧，又需要多大的勇氣，而妳，不小心就浪費了她的體貼。

其實妳也比誰都清楚，他當然還是不錯，否則你們當初就不會在一起。他的好，妳都很明白，只是，不知怎麼地，你們就是分開了。個性不合？規畫的未來不同？妳也討厭他抽菸……理由總有那麼多，妳數也數不清，但妳幾乎忘了，當初讓你們毅然分開的原因是什麼。但再反過來看，他的優點也一樣多，單純、幽默、喜歡笑……妳也說都說不完。

只是非要隨著時間拉長，妳才能夠去懂了些什麼。人會長大、會寬容，那時候自己過不去的，現在都已經過去，回頭看還會笑自己幼稚。但人大多數時候也都是這樣，相遇、陪伴，然後一起成長，最後再往各自的方向去。就像是妳跟他一樣。

妳當然還是覺得有點可惜，妳也想過，假如是現在的你們，是不是會處更好？會離幸福再近一點？只是妳更懂，愛情計畫不來，沒有辦法在行事曆上畫押註記，因此說什麼「假如」，愛情從來都不是假設題，是只有「圈」或「叉」的是非題。

原來，所謂的愛情緣分，指的就是當初的時間乘上當初的彼此。你們在那樣的時空狀態下，才能走在一起，但也因爲這樣，最後才分開。也就像是，現在的你們可能都更成熟了，但就是再沒有在一起的緣分。

跟著妳也想到，她一定也有所掙扎吧。「我知道了會怎麼想？」、「其他朋友又會怎麼想？」所以妳很想告訴她，不用去管別人會怎麼想，因爲愛情常常由不得人、因爲幸福往往很難，我們都感嘆過，不是嗎？所以遇到了，哪怕是只有一點點開花結果的機會，都要去試。我們不也是這樣說過了。

妳是她的好朋友，沒有阻擋她追求幸福的理由，因爲妳眞心希望她可以快樂，這是妳的體貼。也就像是因爲妳也是她的好朋友，所以她才因爲擔心妳的情緒而向妳坦白，這是她的體貼。因爲妳們是好朋友，所以珍惜彼此，才更顧慮對方感受。就因爲妳們是好朋友，所以爲了前男友而不愉快多不值得。

妳很希望她能夠幸福，而自己的小情緒不應該成爲她的困擾，她的幸福比這個還要來得重要，因爲妳們是，好朋友。

大腦
有害愛情健康。

一個男人的告白：「不盲目怎麼可以稱作是愛？但全瞎跟半瞎，還是不一樣。」

妳很確定，愛情最初降落的位置一定是在大腦，不是心。而且是在視神經那個區域。

一定是這樣，所以那段期間妳的大腦才會不受控制，做出超乎常理的事情，動不動就傻笑。就像是，早起爲他做早餐、開始喜歡穿褲子，然後突然覺得可樂太好喝。但妳明明每天上班都會賴床、覺得裙子是女生專屬的權利，而唯一說服妳喝冷飲的原因是沒有其他選擇。但在遇見了他之後，那些所有的「沒得選擇」都成了妳的「優先選擇」。

更糟的是，接著妳的視覺也出現了異常。妳眼睛看到的所有事物都被罩上了粉紅色的光暈，偶爾還有七彩泡泡。他抽菸，妳覺得太酷；他罵髒話，妳覺得超性格；他亂丟東西，妳覺得好有男人味；然後，他在夜店摟了哪個妹的腰，妳覺得一定是她倒貼。當時要妳做什麼都好、他的一切也都對，只要有愛就什麼都很好。

原來，愛情最可怕的地方不是讓妳不像自己，而是讓妳矇騙自己。

人會美化自己，這是一種吸引力法則，希望將最美的那一面展現出來。也因此，愛情才特別容易讓人瞎了雙眼，但其實目盲並不可怕，眞正可怕的是，熱戀會讓所有的不合理都變成了合理。他的壞用不著他開口講藉口，妳就已經先找了理由。就因爲把錯的都當成了對，所以才會什麼都美，才會深陷無法抽身。

所以一直要等到激情退去之後，妳才有了新的體悟，原來愛情佔領的是人的大腦，因此人才會在當時失去意識、視線不清、產生錯覺，就像是一種突發性的高燒。但也就跟所有的疾病一樣，身體會逐漸適應，等到身體產生抗體之後，大腦就會再度奪回自主權，然後，人會開始思考。愛情的現實面終於產生。

於是之後的幾次戀愛，妳開始學著理性，把他的好與不好列出表單，交叉比對，就像是股票分析師般地做好停損點，隨時準備收手，這是妳的愛情風險控管。但不知怎地，卻還是談不好一段戀愛。跟著妳也才更明白，愛情爲什麼會選擇降落大腦？**是因爲戀愛不能使用大腦，一旦動了腦，就動不了情。**原來，大腦有害愛情健康。

因爲，愛情的開始就是需要一股衝動、一股傻勁，再加上一點直覺，如果抽掉了這些，愛情就只剩下生活。好好地過日子很好，但對愛情來說卻不夠好。最後妳才懂了，理智是愛情的殺手，但如果只有感性，愛情則會殺了自己。談戀愛不能光依靠其中一個。

原來，所謂的「睜一隻眼、閉一隻眼」，不是要用在愛情現在進行式裡，而是更適合用在戀情剛萌芽之時。

任何事過與不及都不好，愛情的道理也相同，妳學著在戀愛裡拿捏分寸，不過了頭，也不無法回頭。雖然愛情難免讓人盲目，但妳享受愛降臨時的美好，然後偶爾偷偷睜開眼，這不是作弊，是一種保護，因爲愛情不是考試。

不計較的幸福。

一個男人的告白：「讓男人自願付出與被要求給予，雖然很像，但男人心裡清楚，兩者根本不同。」

要讓一個男人最快離開自己的方法，就是，去計較。

如果愛情需要繳交學費，妳用了幾次的心碎當作代價，才終於弄懂了這件事。就因為愛太抽象，讓人摸不著也猜不透，所以很容易就把「好」當作是憑藉。至少，那是一種看得到的依據，讓妳在心慌得無所依的時候，有東西可以抓著。好是一種對待，是一種與愛等值的交換，妳用它來衡量一段感情，也把它拿來當作是往前進的動力。他對妳好，妳對他好，這樣我們才會很好。

當時妳也以爲，男生就是要有風度、男生就是要大方、男生就是要照顧女生，妳有那麼多的「男生就是要」，然後忘了「男生可以不必要」。愛一個人，好是應該，但並沒有一個人有義務要對另一個誰好，就因爲這樣，所以愛情才那麼難。因爲，好，是買不到的，所以很珍貴，就跟愛一樣。只是妳沒想到。而妳在想著男生的應該要時，也忘了女生要溫柔。

那時候的妳也沒發現，妳把他的好拿來當作是刻度，精密計算，然後才決定自己給的多或少。妳堅信這是一種公平，一種關於愛的正義。兩個人在一起就是要互相，妳不要求他要對妳多麼好，但至少自己不能被占了便宜。要先有關係的對等，兩人才會對等，愛情才會長久。

所以妳很計較，一切都要平分，把什麼都除以二，但最後才發現，他對妳的愛也被妳給除以了二。然後，妳再也乘不回來。

在愛裡怕吃虧，於是，最後把自己都給輸掉。往往，在最開始想贏的人，最後都輸得最慘。因爲，妳計較的不是付出，都是愛。

現在回頭看，妳才清楚，當時妳以爲自己掌握住的戀愛，其實都在他手上。妳用他的好，來決定自己的付出，多或少，妳都計較，原來，妳的愛，從來都不是自己的。

到頭來，妳還是因爲他的愛而愛，最後也因爲他的離開而無法再愛。自始至終，妳都不是在愛人，而是在計較如何去愛一人。這其實不是妳愛的初衷。而愛情怎麼計算公平？愛情的磅秤，其實是自己的心。計較、計較，計算與比較，計量的不會是愛情，而是疏離；比來的也往往不會是眞心，而是傷心。

一直到很後來妳才明白，愛一個人，不該是因爲他對妳多好而決定，而只是因爲愛。妳愛他，所以要他好，希望他很好。而，僅僅是去愛一個人，就會讓妳感覺幸福。

妳懂了，付出是一種心意，裡面包含了不求回報。妳愛他，所以對他好，而要是他也剛好對妳好，就是奇蹟。這，就是愛情。

所以，妳開始不計較，不去想誰付出得多、誰給的少，也不去想妳的或他的，因爲愛情裡面沒有你跟我，只有一起。於是妳學著把那些錙銖計較的心思，用來對他好，因爲妳想把最好的都給他。

也因爲他好，妳才會好，要是他不好，妳一個人怎麼好。愛情，是兩個人的，沒有一個人可以好、而另一個人不好。而不計較，至少妳可以得到一個問心無愧。

但妳也知道自己並不是愚笨，而是到了最後，妳想相信的是，妳的那個他，也一定會看得到妳的付出，並且珍惜著。因爲，這才是妳要的愛情。

妳希望自己不計較，也希望妳的他，也同樣是個願意付出的人，就如同妳對他一樣。你們不要把愛拿來當作是一場比賽，你追我跑，你們要的是兩人牽手去散步，一種關於愛的生活方式。

你們的愛，不需要完美無瑕，但兩顆心卻要完整不缺。

最終，愛，不是兩個人在比誰付出較多，而是要比，誰可以讓誰最幸福。至少，妳懂了這些，妳的學費沒有白繳。

柔弱，才是女人最強大的特權。

一個男人的告白：「剛好的自尊讓人敬佩，但有一種人有時卻是過分的自尊，這就是一種自卑。咳，我沒說是男人。」

女人最大的堅強並不是獨立自主，而是假裝需要男人的照顧呵護，然後，再用它來保護你們的愛情。

越是談戀愛，妳就越是懂男人某種程度就像是小孩子，共同點是需要人哄、需要人騙，但無論如何就是不會去承認自己的幼稚。也就像是每個小孩都會說自己已經長大、不要把他當小朋友一樣，妳不能去跟他計較他不想承認的事情。因此，妳不能說他還小、不懂事，妳只能去誇他很棒、長大了，跟著再摸摸他的頭。但妳心裡比誰都清楚他的不成熟，但妳不去硬碰硬，這是妳的成熟。

因爲，妳知道，女人的虛榮是被讚美，而男人的則是被崇拜。自尊是男人的保護色，他們靠它僞裝自己，讓自己的感覺威風。有時候妳會覺得有點好笑，但其實女人天生心智就比男人堅強，不過這點妳自己知道就好，不用非要跟男人說道理不可。愛情，從來都不是要爭輸贏，而是要比相愛。到頭來，妳的裝弱、裝笨，其實要的並不是男人的保護，而是在保護男人的自尊，這點也是妳知道就好。

女人靠高跟鞋來增長自信、容光煥發，而自尊就是男人的高跟鞋。

這當然是一種愛情的小手段，只是妳光明磊落，因爲面對愛情，每個人總是會想要拿出最好的那一面。只是，所謂的「好」的定義，指的並不是要展現自己的優點，而是提供給對方所想望的東西。唯有對方需要了，妳的給予才會有意義，妳的付出才能夠成立。因此，如果男人仰賴自尊過活，妳沒有理由拿走它。

以前妳曾經很厭惡那些故作嬌弱的女生，她們的小把戲妳都一清二楚，那種拙劣演技只有男人才會傻到被騙。只要一聲嬌嗔，男人就棄械投降。妳很生氣，氣那些女生的做作、氣男人的愚蠢，但後來妳才明白，妳最氣的是自己怎麼就是學不好。再跟著，妳也才發現，男人雖然有時候很笨，但其實也都懂女人的把戲，他們不過只是配合演出而已。

妳終於才懂了，愛情是一場對手戲，要兩個人一起演出才能繼續，就像是妳的故作柔弱可以救回男人的尊嚴，而男人則用行動來證明他很重視妳。

妳曾經很抗拒這件事，妳覺得這是一種侷限，為什麼女人就非要柔弱不可？為什麼妳不可以做自己？但人常常在面對自己都不能百分之百誠實了，更何況在最愛的人面前。經歷過了妳終於明白，原來這並不是要妳變成另外一個人，因為沒有一段愛情是需要建立在勉強上頭，這只是一種選擇。只是給多、給少，或是怎麼給，端看自己的智慧。再說，去抗拒可以讓愛情變好的可能，怎麼想都不是一件明智的決定。

其實，裝笨、裝傻或是裝柔弱，才是女人最厲害的特權，不去用，多麼浪費。妳誇他好厲害，再摸摸他的頭，然後，你們的愛情就可以再好一點。

世上沒有完美的謊，只有認真的欺騙。

一個男人的告白：「為什麼要說謊？但我其實也想反問，為什麼女人都非要知道實話？若妳以為實話跟幸福有關聯的話，那就大錯特錯了。」

說謊，絕對是錯的，這點毋庸置疑。但要求一個人絕對不能說謊，卻也是不對的。

妳想，歲月給妳最大的啓示並不是教妳明辨是非，而是讓妳知曉了這世界並不是非黑即白。在大多數時候，我們所經歷的事情都是模糊的，在灰色地帶上游移著，有時候多靠好一點，有時候則是多接近壞一些，沒有那麼絕對。經歷過，慢慢我們會建立起自己的一套準則，但卻常常還是感到兩難。因爲，人就是會軟弱、會膽怯，會有很多的不得不，也因此我們總是掙扎。

就像是說實話一樣，兩個人在一起就要互相誠實，這是一個準則，大家都懂，但並不表示很容易做到。也就像是妳總是希望自己可以完美，但卻很難一樣。妳曾經認爲只要彼此能夠坦承、不說謊，只要他肯說實話，就沒有什麼解決不了，自己就可以接受、就能夠去原諒，但事後才發現這原來是一種天眞。而妳之所以會如此認定的原因，是因爲自己將誠實與幸福兩者畫上了等號。這又是另一種天眞。

在經歷過一些事之後妳才懂，在有些時候，自己的幸福並不是來自於知道多少眞話，而是不知道多少謊話。或許這樣有點悲傷，但卻也很眞實。

因爲，實話不一定都是好的。實話對一個人有沒有幫助，並不在於說謊的嚴重性，而是自己的接受程度。而在大多數時候，我們都高估了自己的能耐。我們都急著戳破謊言，但卻從來都沒學會收拾，因此老是一敗塗地。也因爲在發生了些什麼後，妳才知道，原來妳要的從來都不是他的實話，而是要他否定妳的懷疑。跟著妳也懂了，其實自己心中早有一個答案，等著他來依循。他如果給不了，妳也解決不了。

原來、原來，實話的好壞，全端看自己有沒有能力解決而定。因此後來的妳，學會不要去問自己解決不了的問題。

妳不再去追究他究竟說了什麼謊？這並不是一種默許，而是妳在意的是他說了謊之後的「災後處置」。因爲「謊」已經發生，無論如何爭辯都再改變不了的事實，但他怎麼去看待這個謊，才是眞正的重點。說謊，是一種欺騙；但如何處理謊，才是一個人對自己還有沒有心的表示。越是擔心妳受傷、心疼妳流淚，他就越是應該認眞地說謊。因爲，一個人要是連圓謊的意願都沒有了，妳就連原諒的藉口都找不到。

妳討厭說謊的人，但更加無法忍受，不認眞說謊的人。

然而，妳心底還是很明白，誠實是好的，妳的信念始終沒變。只是，妳知道了人會犯錯，於是學會不再心急，妳試著先把問題加上時間，再去找答案。妳開始學著對生命柔軟，相信它也會同樣如此對待妳，或許這樣才是好的。有些問題的解決需要我們仰賴自己的智慧，但更多時候，有一些則需要交給時間。

而最終，妳不去追究他是否說了謊，並不是寬待他，而是放過自己。

告別

……那些再與你無關的幸福……

愛情裡面，
從來都沒有錯的時間與對的人，
因為只有對的時間與對的人，
愛情才能成立，其餘的都是傷心。

去愛一個好的人，而不只是他的好。

一個男人的告白：「浪子回頭？不是說男人不會回頭，而是，與其去等一個人回頭，不如去找一個在凝視著妳的。」

愛情，妳永遠都有選擇權，妳可以選擇要不要跟一個人在一起，繼續等待，而不是非愛誰不可。

那天，妳不小心在電視上看到了已經重播不下幾百次的《新娘百分百》，多年後再看，終於有了新的體會。初次看這部電影時，妳還很年輕，即便沒談過幾次戀愛，但早已不相信劇裡面那種大明星愛上小百姓的故事，那是一種愛情的幻想，並不存在於現實生活。而現在，妳比那時成熟許多，在戀愛路上跌撞了數次，甚至好幾次都以爲再也爬不起來，妳比以前更加覺得愛情不可靠，但是，卻反而更相信了這部電影裡的愛情。

這當然是一種經歷過後的理解，那些伴隨的傷痛得來的體悟，原來，愛情成敗的關鍵其實不是妳多愛一個人，或是對方多愛妳，而是，自己愛上的是不是一個好的人。就像是這部電影，原來要講的並不是王子童話般的戀愛，其實要說的是，看到了一個人最原本的內在，然後再選擇去愛。因爲或許愛情難以捉摸，但人的本質卻不容易變化。愛情當然需要有電光石火，但卻並不是要妳只依賴感覺去愛一個人，裡面還包含了自己的選擇權。

愛情並不是多愛幾次就會好結果，也不是多付出就會成就，因爲愛情從來都不是公平交易，所以妳只能培養自己的好眼力。

而所謂的好的人，並不是指他不偷不搶、不作奸犯科，因爲這樣的人充其量也只能算不是一個壞人，然而良善，需要更多的是他有著同理心。就如同他對妳冷淡的那一天，妳在夜裡垂淚心碎，然後暗自反省，覺得一定是自己太小孩子氣，不能體諒他。他讓妳傷心，但妳仍在照顧他的心情一樣。

那時候妳才懂了，原來，愛情是他在傷心時候還會顧慮到妳的擔心。他不單只注視著自己的情緒，而是連妳一起考量進去，因爲他跟妳是「你們」。

當然，愛情的表現形式有很多，每個人付出及給予的方式也都不同，但相通的卻是妳在裡頭感受到了什麼。退到底線，到頭來愛情常常求的就是自己在不在他的心裡面。有沒有心，或許難以言喻、無法說明，但卻是昭然若揭。而太習慣一個人的人，在愛裡也會像是獨行俠，他們並不是眞的自私、無法給予，而是，他們只會用自己方式去愛人，這樣沒錯，只是在愛情裡面就是不夠好。不壞，但卻不夠好。

去愛一個人其實不難，難的是對方是否有跟妳相同的回應，愛情是要給對方需要的，而不是自己想給的。而能夠站在對方的立場去思考，就是一種愛的基本表現。即便是，好的人最後還是可能會讓妳受傷，但他仍舊會考量到妳的傷心，或者傷痛就可以跟著少了一點點。至少，在妳身心俱疲的時候，再不用追著他問，你有沒有想過我？可以保留僅有的、剩下的自尊。

試著去愛一個好的人，而不只是他的好；學著去愛一個好的人，或許不能保障愛情的圓滿，但是，可以肯定的是若愛了一個壞的人，只會離好更遠。人難得的是有一副好心腸，其實愛情也是。

不是愛，
但很像愛的，愛。

一個男人的告白：「友達以上、戀人未滿？聽起來比較像是小說情節，男人的世界裡，常常都只有『愛』與『不愛』，再沒其他。」

沒有擁有，就不會失去，也就表示永遠不會結束。永恆，愛情最讓人渴求的部分，或許唯有靠這種方式才能夠得到。

這或許也是在一段沒有開始就結束的愛情裡頭，最大的一個收穫，當然，那如果可以稱得上是一種愛的形式的話。在事過境遷之後，妳終於可以這樣想了。妳幾乎要忘了一切是怎麼開始的，可能是一個眼神、一抹微笑，或是一個靜默的片刻，你們突然有了交集，然後開始聯繫、問候、互相關心，妳以為這是一種前進的方式，是一種默契的累積。

這種默契比較像是一種心照不宣，你們開放了彼此某部分的領域讓對方駐足，但也無法要求對方給予更多，取得一個微妙的平衡。曖昧，然後生平第一次覺得這樣很好。可以收穫，但卻不用負責任，妳再不用拿承諾來換取些什麼，簡直是一種夢寐以求。妳前進著，但卻沒想過終點在哪裡，妳只知道現在很好，並希望以後也會一樣好。妳並不著急，他也是，只是，妳怎麼也沒想到有另一個她比妳還積極。於是妳連要不要點頭都來不及思索，他就已經先應允了一個誰。

那時候妳才懂了，就因爲不說破，所以也沒有約束力，他可以說不要就不要。原來，承諾雖然不能保證些什麼，但至少讓人可以名正言順。

妳當然很傷心，但是卻更惱怒。妳生氣自己浪費了這麼多心在他身上，也生氣他怎麼沒有詢問過妳，但其實妳最氣的是，自己是不是錯過了一次愛情的機會？但妳也知道，其實自己連傷心的理由都沒有。他從來都沒強迫過妳些什麼，而妳也從來都沒要求過什麼。當所有的情緒，當那些憤恨、不解以及傷心隨著時間消化之後，這一切才終於慢慢清晰起來。

妳才慢慢發現，原來那些自己以爲的追求，其實並不全然是愛，其中包含了是更多的不甘心。妳之所以不想要放手，也不是因爲眞的很想要擁有，只是單純的不想失去，習慣的成分大於愛情。因爲已經太習慣他的存在、他的噓寒問暖，這一切都讓妳有了愛的想像，更因爲眼下再也沒有其他人可替代，所以才會捨不得。

雖然，捨不得是一種愛的表現，但在更多時候，捨不得跟不甘心卻很像。差別是，捨不得是爲了成就愛，但不甘心只是爲了不認輸。但愛情，從來都不是一種競賽。

一直到很後來妳才明白，原來，所有的愛都是一種經歷，即便連那些稱不上是愛情的也是。因爲所有對待，其實都是拿來幫助自己驗證與整理，然後在往後的日子裡派上用場。只是從一段關係裡面能夠得到什麼、收穫多少？就得各憑本事，就像是跌跤的疤，有人當作是成長，有的人卻只看得到深淺。

也就像是，一段還沒萌芽就早夭的戀愛，妳不再覺得是遺憾，而只是可惜。它是用來提醒自己還有愛的能力，妳試著把它當作是生命裡的一個印記，然後懷抱著那種愛的溫度，有朝一日，再去愛下一個人。

那些再與你無關的幸福。

一個男人的告白：「離開一個人就不要再往回看了，不為什麼，只為了自己好，光是這個理由，就很足夠。」

一直到很後來妳才驚覺，原來，與一個人徹底的決裂並不是你們分手了、再無關了，而是，妳準備要與跟另一個人牽手了。

一段關係的結束，無論分開的原因是什麼，縱然結果再怎麼難堪、難以忍受，但隨著時間的拉長，那些伴隨著生活而來的磨練與挫折，都會讓人的心境有了新的轉換，然後得以釋懷。或者這不真的是一種原諒，但可以確定的是，每個人總會找到一個讓自己變得更好的方式去面對事物。這也不能說是一種逃避，反而比較像是一種解答，妳不再追求絕對，開始認同模糊地帶。任何事只要擺到歲月的面前，終會迎刃而解，只是先後的差別。

所以，妳才會常常看到那些淚眼婆娑叫喊著無法原諒的，都能釋懷；那些死命拉扯誓言絕不鬆手的，終會放下。也就是那個時候妳才發現，原來，恨是一種自保，它讓妳在崩壞的愛情裡得到憑藉，讓妳得以繼續，然後再保有信仰。恨，是一種妳用來證明愛情的方式。所以當有一天，妳終於不再以此獲得安慰時，才相信自己是真的放下了。最終，那些過不去的，時間會推妳一把；那些惦記著的，歲月會用其他的記憶堆疊覆蓋。

歲月是一面沙網，回憶在上頭滾動，然後把鋒利的都磨的圓滑，篩選出好的部分，那些相愛日裡最單純美好的細節。

也因此，當那些憎恨不再騷動時，取而代之的是你們共有的那些美好。妳記起那些往事，你們一度是彼此生命中最重要的對待，你們曾經擁有彼此給予的愛，過了一段還不壞的日子，這些都是眞的，所以妳日後才會需要花時間去恢復。那一些妳輾轉不成眠的夜晚，其實示意的都是他對妳的那些好，因爲，他一定有哪裡好，妳才會如此念念無法忘。

然而，終究你們是分開了。妳從沒有想過會有這一天，因此才打擊很大，才會遲遲無法清醒。妳傷心的並不是他遠離了，而是，自己曾經把幸福託付給他，妳一直都打算跟他一起往前走。就像是接力賽，妳原本以爲他會在轉彎處接棒，但卻撲空，整場賽事只剩妳一個人。而妳那些所有與幸福有關的一切設想，裡頭都包含了他，這點最叫妳悲傷無法自己。妳，還有愛想要給他。

所以從今而後，不管妳在誰的身上獲得幸福，都會感到悲傷。不是因爲不圓滿，而是在獲得的同時，也是提醒了妳，之後妳的所有的幸福，眞的、眞的再也不是你們。那些妳曾經希望他給予的，如今有了另一個接手。不管你們分開了多久，這回，才是眞正的告別。

妳想，這是自己最後一次可以再爲他傷心，以後妳都要全心去幸福，與另一個人。妳也很想謝謝他，謝謝他給妳一段難忘的回憶，到了這一刻，妳欠他的，終於能夠眞正的還清，妳的喜悲終於自由，不再與他牽連。

也就如同妳的幸福，再也與他無關。

原來，遺忘的感覺不是痛，而是很寂寞。

一個男人的告白：「男人不是沒有傷口，只是角質比較厚、比較不怕痛而已。」

原來、原來，遺忘一個人是這麼，寂寞。

有好長一段時間，妳都是一個人。即使工作一樣忙碌，身邊圍繞著盡是和氣的同事；即使身邊的朋友總是貼心地在假日陪伴，但是、但是，那些聲音總是進不了妳的耳裡，花花世界都與自己無關。就像是在深海裡，妳的視線還在，但聽覺卻消失了，妳只聽得到自己的呼吸聲，以及慌張的心跳聲。原來妳被放逐了，地點是深海，從他拋下妳的那一刻起。

他用了殘忍的方式離開，是個不爭的事實，因此妳才會痊癒的這麼慢。後來妳才知道，其實自己是選擇性失憶，妳別過頭去，不看傷口，好讓自己可以忘了傷口有多大。直到某日不喊疼了，妳才記起原來自己有傷、而且已經完好了。原來，痛是療癒的證明。於是，妳現在站在這裡，一回頭，才發現自己已經走了好遠的路。

別人忍住了痛，而妳卻是習慣了痛的感覺。

就像是受了傷，妳期待只要自己進了醫院就會得到醫生的治療，以爲只要手術過後，自己便能重獲新生。但其實不是，手術並沒有辦法讓妳的痛少一點。術後的復原期才是眞正的治療，復健、傷口癒合，以及頻繁的換藥，那才是讓人康復的關鍵。妳才明白，在開刀房裡，醫生只是保住了妳的命，但恢復原狀，則要靠自己。愛情也是同樣的道理。這是妳在那段期間學習到的事情。

其實現在回想起來，那次失戀給妳所受的傷並沒有那麼大。當然，妳隱約還記得自己三個月瘦了好幾公斤的事，那時朋友一臉不可思議外加羨慕的表情，妳都還記得；還有常常不自覺落淚、面紙消耗特別快的事妳也都沒忘記。只是，不知怎麼地，卻都像是很久之前的事，甚至妳一度以爲是從某部電影或是某本小說看到的情節。妳從沒想過，這種老掉牙的劇情，會發生在自己身上。

然而，人是會自我療癒的，這是一種動物自我保護本能。所以妳才會發現，原來緊抓回憶不放，或是別著頭不去看，都是一種假象療癒。因爲比較不疼，所以妳覺得自己沒事。但終究，花了一點時間，妳還是痊癒了。時間並不是最好的解藥，但卻會幫助妳稀釋痛苦，所以，妳必須要給自己復原的時間。

妳愛了他一場，要立刻就從把心拿回來是不自然的事，有時候慢慢來比較快好。直到有一天，妳會覺得自己已經好了。雖然碰到了傷口妳還是會感覺到一點疼痛，因爲新生的皮膚還很脆弱，但是，那卻示意了康復。

就因爲人會痊癒，所以才能有愛的能力。因爲還想再去愛，所以就不能怕疼。

因爲還有愛，所以就，不會疼。

愛是
太陽離開的聲音。

一個男人的告白：「妳問，為什麼男人總是無法專情一個女人？我說，犯賤。還有嗎？沒有了。」

無法擁有自己所愛的男人，痛苦；但擁有了一個不能夠公開的情人，煎熬。

在他身邊甦醒、一起去吃早餐，再一起去逛街，當妳過馬路時，他會叫妳注意來車，把妳的手拉進他的胳臂勾著，然後妳會笑，從眼底把幸福給笑了出來……妳腦海中浮現過無數次這樣的畫面，這是妳對愛情的想像，很日常、卻很珍貴。所以，妳怎麼也沒想到妳會談了一場不見天日的戀愛。他的女朋友站在你們面前，遮住了光。他擁有，女朋友。

妳已經忘了你們是怎麼在一起的，但對於妳是如何妥協，妳卻印象深刻。不能打電話、簡訊用代號，就連約會都要先預約，妳做了很多的讓步，就連分手後，「前女友」這個名分妳都跟著讓了出去。妳不是他的另一半、不是他的知己、不是他可以提起的名字，就連在路上遇到都要裝作不認識，連「朋友」這個名分妳都得不到。妳很想哭，不是因爲覺得辛苦，而是覺得自己很可悲。妳把自己都讓了出去，拿回來的卻是傷心。

妳以爲愛是一種互惠，你對我、我對你好，然後我們相愛。但怎麼也沒想到自己的愛卻是要跟別人分來的，妳變成了乞丐，沒有人給妳祝福，只有同情。

讓自己幸福是妳的信仰，妳是愛情動物，有愛最大，愛情可以不管對錯，只求幸福。於是妳要自己試著去想愛情的本質，愛要開心、要歡欣，但如果自己總是在哭，總是與愛背道而馳，這樣還算是愛嗎？原來、原來，是自己把愛情變成一項奢侈品，既無法眞的得到，但也抗拒不了。奢侈啊。想到這裡，妳又哭了。

於是妳也才懂了，爲什麼「暗」這個字是一個「日」與一個「音」，怎麼太陽的聲音是黑暗？原來，那是它離去的腳步聲，就像你們的愛，無法公開、不被照耀祝福。也就像是妳的眼淚，流得再多，也不被承認。

只有他們是「明」，有日也有月、有夜晚也有白天，而你們只有「暗」。

但妳無法放棄他，因此只好要自己不去想她，他的那個她。妳不是鐵石心腸，相反地，妳知道自己傷害了她，所以才更不能去想她的傷害，妳只能想自己的快樂，唯有這樣愛情才能繼續。但跟著妳又想到，與他一起，妳得到最多的是委屈，幸福從來都很遙遠。用她的心碎當土壤，與自己的淚水當灌溉，究竟想結出怎樣的果？妳那麼自私、千夫所指，但卻什麼也得不到。

一開始，妳最常想起他，跟著嘴角會上揚；再後來，妳最常想到的是她，然後連自己都討厭自己。

他說，妳是對的人，只是在錯的時間遇到；而她，剛好在對的時間出現，如此而已。於是，妳追著他要答案，既然如此，爲什麼不離開她？但常常卻只換來了他的沉默。他老是說，事情很複雜，妳覺得好笑，把事情變複雜的不就是你嗎？妳這才驚覺，原來他給不了的答案，其實是在自己身上。他不是沒有答案，只是給不起。

男人都是小孩子，喜歡搞破壞，卻不擅長收拾。但是，妳卻也不是他的老媽。

妳想要在大馬路上手牽手，而不是等待深夜裡的簡訊；妳想要被祝福，而不是被成全；妳想要記得他的笑臉，而不是她的淚水；妳想要對得起自己，而是對不起她。然而最終是，妳想念太陽，妳想讓陽光蒸發淚水。

愛情裡面，從來都沒有錯的時間與對的人，因爲只有對的時間與對的人，愛情才能成立，其餘的都是傷心。妳懂了，妳很慶幸自己沒有白白傷心。

妳把收拾殘局的責任還給他老媽，因爲妳，想要當某個誰的女朋友。

從前男友，現在好朋友。

一個男人的告白：「前女友可以當好朋友嗎？當然可以。只要現在的女朋友同意。」

妳一直覺得，能夠和平分手是一種福氣。

兩個人能在一起，機率有多麼低，妳很明瞭，就像是妳後來再也談不成新的戀愛一樣，妳清楚知道愛情有多麼不容易。也因此，妳很珍視妳的前男友，即使分開了，妳仍舊珍惜兩個人曾經牽手的緣分。他的好、他的優點，其實都還在，就跟當初妳愛他的時候一樣，這點沒有因爲感情結束也跟著終結。他還是那個他，妳所喜歡的那個人，只是妳在經歷過了才知道，有時候愛情除了需要緣分之外，時間也需要跟上腳步才行。

有時候兩個人分手，並不是因爲其中一方有錯，而是人會長大，愛情也會，就像是一起成長的兒時玩伴，上了高中大學都要選擇自己有興趣的科系一樣。愛情也沒有錯，但你們就是離開了彼此。你們沒有拋棄對方、更沒有誰對不起誰，只是愛情停在原地，而你們卻繼續往前走了。但你們曾經給予對方的，是沒有人可以替代的，你們都很清楚知道這點。

因此，妳不覺得你們是被迫分開，你們只是發現兩個人的步調不同而已，所以妳沒有很傷心。因爲、因爲，即使最後的結果並不如當初預期，但你們都很努力過，你們都對得起愛情，所以才約好誰都不准哭。

你們一起經歷了愛情，就因爲如此，所以才更捨得放手，把淚水變成祝福。

如果分手後就不能當朋友，那就太悲哀了。你們曾經是最熟悉彼此的人，你們曾經在那麼長的一段時間陪伴彼此，把自己交給對方，他還是世界上最懂妳的人，知道妳討厭草莓、喜歡蜘蛛……妳也知道即使是現在，在自己脆弱時候，他仍會是妳的後盾，支撐著妳，就像他知道妳也會爲他這麼做一樣。這樣何嘗不是一種福氣。所以你們還是對對方好，就跟當初一樣，只是所有的好都轉換成另一種稱謂，繼續延續下去。你們的默契還在、心意還在，唯一不在的就是愛情。

然而，他給妳的愛，並不會隨著兩個人的分開就一筆勾消。反而是變成了一種廝守，以另一種方式留存在妳的心裡。

但眞要說不覺得可惜，是騙人的。有時候妳還是會不禁想起，你們兩個是不是還有另一種可能、另一種溫度與溫柔，或者是，要是當時你們再多努力一下，就會有不同的結果？特別是在夜晚，當白天的喧嘩隨著夜色沒入黑暗中時，這個疑問句就益發的清楚。可其實妳也知道，這只是自己的偏執，而不是愛情的樣貌。

愛情要是努力就可以，妳現在也就不必浪費力氣緬懷。

妳寧願這樣想，自己是在陪他走一段路，你們彼此相伴，而有一天會有另外一人出現在他身邊，替妳照顧他，妳也才可以放心的離開。但在此之前，你們都是在替將來的那個人先照顧好彼此，這是妳所能給他的最後的祝福。

而妳也相信，他一定也同樣在這樣祝福著妳。他是妳的前男友，也是妳的好朋友。

愛情裡沒有為誰好，只有一起好。

一個男人的告白：「男人都有控制欲，喜歡把什麼東西都占為己有，手裡握住的跟心裡的安全感可以直接畫上等號。」

在愛情裡頭，「爲你好」終究只是一種卑鄙。因爲愛情是兩個人的。

人不完美，所以才會追求美好，所以才會好還要更好，妳當然懂，所以也很努力。但愛情和工作不一樣，愛是兩個人才能成立，唯有一起努力才能往前，不是一個人可以獨立支撐起來，愛是一種共同體。所以你們需要交差的人也只是彼此，不是外面的某個誰，因此，當他講著「爲妳好」時，說明的不過是妳需要交差的人，就只是他而已。

而只要扣上了「好」這頂帽子，妳就再不能反抗，因爲他的出發點是好意，妳不能伸手去打一個笑臉人，因爲要是動了手，卑鄙的人就變成是自己。妳會變成是一個不講理、無理取鬧的人，如此一來，他的「爲妳好」就變得更加確立。妳幼稚、妳聽不了建言，所以還要再更好才行。當他說出「爲妳好」時，講的其實都是妳不夠好，都是先把妳的不好擺到前頭。

他用否定妳的方式幫妳做決定，要妳依循，跟著再說明自己沒有私心，這是一種卑鄙。

妳以爲自己已經過兒童階段，那種無所依什麼都不懂，需要大人教導的懵懂年紀，但沒想到他的一句「爲妳好」，又把妳打回了童年。他把妳當成了未經思考、不懂世事的小孩給予指引，而不是溝通。妳太懂這是怎麼一回事了，妳怎麼會不明白，妳經歷過什麼、依循過什麼，然後推翻又重建了什麼，妳所現有的一切都是這樣累積來的。所以當他打著愛情的旗幟在妳面前熱血吶喊，妳卻感到心寒。

因此，當他說著「爲妳好」時，妳聽到的其實是「妳是一個人」。他把妳排出了「兩個人」之外，把妳擺到「愛情是一起」的外頭，他想到只是妳要變得更好，而不是我們一起變得更好。妳要變得更好，不准這樣、不准那樣，唯有這樣妳才更配得上他，他才會更愛妳。他的「爲妳好」，其實包含最多的都是「爲自己好」。

這也是一種自私，他用自己的愛的模式，套用在妳身上，而不是去考量妳的不同。愛情裡面有兩個人，兩個人加起來才能等於愛，愛是兩個人一起的事，而不是一個人的作主。

所以，妳再不要「爲妳好」的男人，妳已經過了獨自闖蕩的年紀，妳要的是一個當天黑無光時，會牽著妳的手說：「我們一起走，我陪妳。」的人，而不是要妳獨自面對的對象。妳當然可以很勇敢，只要很努力就可以做到，但如果兩個人在一起了，卻還要妳一個人堅強的話，妳問自己爲什麼還要他。這也不僅僅只是說詞上的轉變，而是根本心態的表述。因爲愛情，說的就是一個人無法獨立完成的事。

更因爲，愛情裡沒有你好、我好，只有一起好。而妳要的是，「一起好」的人。

我們，
不要再為難了。

一個男人的告白：「要結束一段感情，最先放棄的人，會被說是對不起另一個人；而最後放棄的，則是對不起自己，你選哪一個？」

愛情需要很努力，妳當然懂，但在很多的時候，最難的卻是，何時該放棄？

或許就是因爲知道愛情的難處，也或許就是因爲經歷過幾次眞心卻傷心的戀愛，所以妳才懂得更加去珍惜兩個人可以在一起的緣分。這是以前讓妳心碎的人給妳的禮物，他們傷害了妳，所以妳曾經自暴自棄、怨天尤人過，然而，最終當妳走了過來，像是今天站在這裡時，終於可以滿懷感激。

妳學會不再把上一個人的過錯加諸到下一個人身上，而是試著把自己曾犯過的錯在下一個他身上修正。妳也學著不再回頭看，不再去惦記那些傷痕累累的記憶，縱使偶爾觸及到結痂時，心還是會跟著瑟縮了一下。但妳很清楚，其實那些傷口都還在，只是同時妳更明白的是，自己當然可以去等待一個誰來愛自己，但如果自己可以先給愛，或許就會更容易一點。

就因爲愛情已經那麼難，所以妳才不要一絲一毫是自己給的爲難。而這些，都是非要走過那麼一遭才能眞心體會。

然而，愛情卻常常不是努力就能成就，妳也不知道要費多少心、盡多少力才算足夠？於是，只能要自己去努力。他覺得高跟鞋太招搖，妳改穿平底鞋；他認爲短頭髮不夠有風情，之後妳上髮廊都不會剪超過五公分；他喜歡女生微笑的表情，妳開始對著鏡子練習嘴角上揚的弧度。妳可以不在乎這些改變自己喜不喜歡，只要愛情能更久一點。

妳原本以爲那些讓步都是爲了成全愛情，但最後，妳才發現成全的只有他而已。愛是兩個獨立的個體在一起，你們有些地方相同、有些則不一樣，所以最後才能夠走在一起，也所以才能夠豐盛。而兩個人要往前走的退讓與妥協都是一種必須，只是、只是，這些都應該是對愛的付出，而不是把另一個人變成了自己想要的樣子。愛情，應該是讓人更喜歡自己，而不是離喜歡自己越來越遠。妳連自己都說服不了，又怎麼能去說服愛情。

所有的愛情，都不應該是要建立在討厭自己上頭。一旦妳開始討厭自己，最後，就會跟著討厭你們的愛情。因爲，妳所有的厭惡都是從愛所衍生。

妳終於懂了，討厭自己，原來就是一種爲難的象徵。就因爲爲難了、不舒服了，所以妳才不喜歡自己。妳爲了愛情，爲難了自己；而他則爲要把妳變成他所想要的，也爲難了他自己。到了最後，這些互相的爲難，都會變成是爲難了愛情；因爲自己不舒服了，所以也變成了不舒服的愛情。

最後妳才體悟到，或許在大多數的時候，愛情並不是要我們非要一直勇敢不可，而是，要我們發現自己是怎樣的人，有多大的能耐。然後，愛。

愛情不是努力就可以，但妳知道要是不努力，就更不可以。所以，妳還是要自己去試，但是也學會不再爲難自己、爲難彼此，在適當的時候放手。妳終於不用再說服自己什麼都可以，而是去看，你們到底可不可以。

啟程

⋯⋯一起把現在走成未來的，那個人⋯⋯

愛情是，
別人怎麼說、怎麼看不重要，
重要的是妳相信什麼。
然後，去努力達成。

一起努力的人。

一個男人的告白：「要愛上一個人很容易，但要被自己喜歡的愛上很難；要放棄一個人或許也不那麼簡單，但要不離不棄，更難。」

每個人的一輩子都會遇見幾個愛自己的人，要是運氣夠好的話，可能會有更多個，但要遇到不輕易放棄的人，則需要超級幸運。

年輕的時候，妳想要的戀愛是濃烈炙熱，要每分每秒都感受到自己正爲對方而心跳著，你們是彼此的天與地，如此才有愛著的感受；年紀稍長一點，妳開始追求安適自在的關係，你們在彼此的世界互相照顧，不爲難也不勉強，覺得安全感比起幽默感重要；而現在，妳想要的則是一個有毅力的人，你們視對方爲最重要，不再是一種口號，而是一種行動，你們不追逐彼此，但一起手牽著手面對時間，希望不要被它給拋下，恆心才是一種眞正的心意。

因爲妳曾經遇過幾個人，他們都對妳很好，手上永遠是鮮花和禮物，只是一遇到困難就放手；他們也都很愛妳，開口閉嘴都是甜言與蜜語，但是碰到幾次挫折就噤口。他們都愛妳，只是愛有深淺；他們都很好，只是在面對難題時不夠好。當時妳也才驚覺到，原來堅持比重新開始還要來得困難，因爲站在去努力面前的是可預期的阻礙，而在開始面前的卻是想像。所以，不放棄，很難。

跟著妳也懂了，要放棄一份愛情，或許是一件困難的事，但願意繼續留下來努力，則需要更大的心意。

每段關係的結束總能有一千個理由，然而，眞想要繼續堅持下去，其實也同樣可以找到一萬個理由。妳很明白這一點，因爲任何事都是一體兩面，有光就會有暗，也就像是愛情一樣。雖然你們有過些爭執與不愉快，但更是一起度過了一些美好的時光，不能夠因爲一些壞的，就將好的全都一筆勾銷，重要的應該是如何將壞變成是好的。任何關係都沒有絕對的好跟壞，只有自己怎麼看待，而能不能繼續往下走，也是同樣的道理。

於是，妳再也不去問「你會愛我多久？」妳比較想知道的是「你願意努力多久？」因爲常常，愛情最叫人灰心的是，妳明明還想要努力，怎麼他已經決定要放棄。妳還在想以後，但他卻連過去都拋棄。妳並不是天眞的人，知道愛情不能勉強，但就是因爲如此，所以妳更加要求愛情，你們要很努力的在一起，然後一直到分開之前，也要同樣那麼努力。

妳求的是一種愛情的同進退，你們一起戀愛，若有日終要結束，也是一種盡心盡力，而不是你丟我撿。

妳才明白了，或許妳一直在找的，並不是最愛妳的人，而是那個在第三十次爭吵過後，還願意笑著對妳說：「我們再試一次」的人。原來，一直以來妳要的都是那個仍然留下來，那個還是願意跟妳一起再努力的人。

妳要的是，一起努力的人，不輕言放棄，一起把現在走成未來的，那個人。

於是
妳給了自己，
再愛的機會。

一個男人的告白：「國父革命十一次才成功，我不能跟國父比，所以有二十次的機會。」

給自己「再重來」的機會。

那一次戀愛給了妳很大的打擊，他用了殘酷的方式丟下妳，因此妳才會傷了那麼深。所以，妳怕了。妳告訴自己不要再戀愛了，因爲愛情最後帶來的淚水比幸福多，一連串的失敗，也幾乎讓妳粉身碎骨。妳並不是害怕愛，而是怕只要再一次打擊，自己就會從此一蹶不振。妳把自己當成醫院裡的診療醫師，這是妳的傷後處置。

就像是小時候學騎腳踏車一樣，妳在學校的操場上重重摔了一跤，從此把它鎖進倉庫裡，妳也封鎖住自己。但妳想，會騎腳踏車並不是人生必須，不會也無所謂，於是，妳也說服自己放棄了愛情。

因爲，人生還有其他事可以追求，比如事業、比如友情，比如妳也想多花點時間陪伴家人，更何況還有電影、音樂、旅行，人生如此美妙。還有，夢想，妳曾經爲了愛情放棄的夢，如今又可以放回在手中了。爲此，妳感到開心。人生的確有許多美好可以尋找，要是可以找到了其中一樣，多麼美好。

但是，人生也有很多事，越早學越好。例如，戀愛。

就因爲妳失去過，所以知道它有多難，所以才更需要花時間去練習。當然，愛情不是學習就能學得會，妳看過無數本兩性勵志書、讀過多少心理專家建議，但到最後往往發現能夠幫助自己的只有自己。就像是當年學騎腳踏車，爸爸跟妳說左右腳擺在踏板上輪流踩一樣，要是自己的腳不出力氣，輪子也不會自己轉動。但也如同是倉庫裡的單車上的第三個輪子始終都沒拆下過一樣，妳也一輩子都學不會騎車。

更重要的是，妳必須給自己「再重來」的機會。

也就跟學習語言一樣，年紀越大就需要花上加倍的時間才行，記憶的能力也會越來越弱。而勇氣也跟記憶力一樣，會跟年紀成反比，隨著年齡增長就流失的越多。小時候，妳摔了車，傷口三天就復原，掉了痂的新生皮膚很快就適應舊有的。但隨著年紀增長，妳才發現不只是新陳代謝變差，就連療傷的能力也跟著一併削弱。妳加倍記得痛的感受，心裡的痂好幾年都脫落不了，卻發現只有勇氣不斷流失掉。

而，勇氣，是相愛最重要的關鍵。

繼續去愛，不能退縮，因爲要是現在怕了，以後會連怕的機會都沒有。雖然愛情不是練習就能得來，甚至也不會讓愛變得更容易。但妳也終於才明白，如果不去練習，將會更加不容易。

給自己再愛的機會，然後，也有再重來的機會。

我們還有彼此，這是，妳最最終極的美夢。

一個男人的告白：「我的終極幻想是什麼？制服？名模？後宮三千？其實這些都是假的，男人沒說出來的那些，才是真的。」

原來，不只有地球是圓的，愛情也是。

在繞了一大圈之後，妳突然發現自己又站回了原地。跟著妳才明白，原來每一個人都有一個愛情原型，那是妳的夢想，終生追求。只不過年輕難免輕率，只有好還不夠，因此妳總是在追求，還要更多、更多，在試過幾次之後，才會發現合身比昂貴重要。而妳喜歡的，始終都是同一個類型，只不過多一點什麼或少一點。但這一張眼的了然，卻非得是要走過那麼一段路，才能真心接受。

因此，隨著年紀漸長，妳開始懷念起初戀的那個他，幾乎越來越頻繁。妳時常想到你們常一起去逛的夜市，那攤你們最愛的米粉湯，他最愛清淡，妳非要加辣，但卻偏要共吃一碗，然後你們會鬧脾氣，一個小時後就氣消。那個時候，就連吵架都很純粹，所以才那麼容易和好。就連吵架的方式，妳都懷念。油蔥酥的香味妳都還記得。

他不是最好、也不是對妳最好，但妳卻最常想起他的好。

但現在不同了，伴隨著生氣語言脫口而出的都是比較、都是指責，妳再也不是當初的那個單純的妳了。這個時候妳也才懂，原來妳懷念的並不是妳的初戀情人，妳懷念的其實是當初的那個自己。那個時候，你們把最多的時間拿去愛對方，用最快的速度和好，怎麼現在的妳都忘了。

後來的妳，談了好幾場的戀愛，但始終沒放棄過夢想，就因爲是夢，所以妳錙銖必較。妳變得愛計較，把心眼大小當作度量愛的刻度，妳以爲妳在談戀愛，但沒想到是在跟對方比賽。

然後，妳也做了很多的妥協，以爲讓步是愛情的一種等値交換，卻沒想到回來的自己卻是庫存商品。妳也把恨記得比愛還牢，將眼淚當作成是一種籌碼，以爲掉的越多，對方虧欠妳的也就會跟著增加。當時的妳從沒發現，原來自己不是在追逐夢想，而是揮霍自己。感情會隨著淚水給一起蒸發。

妳當然被人追求過，收過玫瑰與禮物，也曾有人不畏風雨的日夜接送，妳被當成公主般對待，妳很開心、妳很高貴，妳以爲自己的夢想終於成眞。但最後妳才曉得妳要的不是王子，更不是僕人。王子太遙遠，常常一碰就碎；僕人太謙卑，往往會讓妳錯把他的好當成是愛。妳要的不是在白馬上拉妳一把的他，也不是屈膝下跪的他，而是，可以一起生活的他。美夢不需要在遠方，而是在心裡。愛過了那麼多回之後，妳終於才明白了這件事。

年輕的時候談戀愛，妳計較的是誰愛妳比較多，現在則是，誰讓妳做自己比較多。

最終，妳的幻想是，每天在某個人身旁醒來，甦醒時先聽到的不是外面的車水馬龍，而是他勻稱的呼吸聲；最靠近自己的溫暖，不是身上的被子，而是他手臂上的體溫。你們不一定要有小孩，養幾隻寵物也可以。然後假日的時候上花市買花，出太陽到公園散步，下雨就替他撐傘，妳把他的手當成暖爐，把他的笑當作依靠……這些都是最平凡的小事，但卻是妳最夢寐以求的大事。

以前的妳追逐愛情，現在的妳，則想要找回在愛裡頭的自己，那個單純的自己。愛情是圓的，繞了一圈之後，妳找回自己。

而最後的最後，妳想到的是，當時間流逝、萬物再不可追時，你們會相視而笑、都會記得：「我們，還有彼此。」這是，妳最最終極的美夢。

妳要的不是在白馬上拉妳一把的他，也不是屈膝下跪的他，而是，可以一起生活的他。美夢不需要在遠方，而是在心裡。

夢過了那麼多回之後，妳終於才明白了這件事。

所以，才要找到一個很愛的人。

一個男人的告白：「男人比較自私？不，那只是男人比較容易放棄罷了。」

愛，其中一部分是責任與義務。而不是僅僅只有，愛。

妳曾經以爲，如果一個人的愛不在了，留著軀殼也沒有用。雖然這個想法妳仍舊認同，但卻有了更多的體悟。因爲愛情有許多種方式，一種是激情，讓人欲罷不能，時時心跳加速；還有一種則是陪伴，他付出最多的是時間，即使時間荏苒，仍舊覺得妳很重要，願意待在妳的身邊。而這，其實就是一種愛的表現方式。

這是愛的一種進化，以不同的方式展現，而不是只有單一的樣貌。以前自己的以爲，其實只是一種偏激。

於是妳也才懂了，原來結婚誓詞裡的「無論是好、是壞，是富、是窮，是健康、是疾病，直到死亡將兩人分開。」講的不是夫妻應該要共患難，而是，夫妻之間該擁有的愛。因爲唯有如此，才能夠不離不棄。有愛，才不會輕易就背離。

也就像是，久病無孝子，道理其實換到愛情裡也是一樣。妳曾反過來問過自己，若是自己，是否能夠堅持到最後？連妳自己都沒有把握，又怎能指責他人。病痛不只是損耗了患者的健康，同時也磨損了身旁人的意志力，妳也明白這一點。但差別在於，眞的遇到困難時一個人可以堅持多久，可以多久都不放棄，才是關鍵。而這些，都跟多麼愛有關。

因爲，愛不是單指妳有能力讓對方開心，而是當對方不再開心時，妳還有心。

要一起開心很容易，因爲那是一種獲得的形式，妳給予一些，可以得到許多，所以人在那樣的狀態下人容易覺得滿足、愉悅。但要一起經歷困苦卻很難，因爲那是一種付出，妳需要不斷地給，然後得到的回報卻很少。

因此，妳很佩服那些願意陪伴的人，每個人都只有一輩子，不多不少，也無多餘的可以揮霍。究竟要有多大的愛，才能夠支撐住？後來妳才更明白，原來那是一種認定，而愛情，要的不過就只是這樣罷了。妳羨慕的並不是不離不棄，而是那種巨大的認定。

那種當利益與自身相牴觸時，還願意把妳擺在前頭的愛。妳羨慕著。

妳並沒有那麼天真，妳早就了解到愛情總是殘酷，也願意接受這點，每個人也都是自私的，只是程度上有所不同。而最終能夠與之對抗的，就只有愛而已。

所以，妳要找到一個很相愛的人，你們愛彼此，愛到即使有天自己倒了，他也不輕易就離棄；愛到即使有日他落魄了，妳也不會隨意就逃開。因爲愛情就跟生命一樣，本來就會包含了甜與苦，妳不能只要其中一項，那叫做取巧，不叫愛情。

要找到很相愛的人，才有辦法堅持下去，才有堅持下去的可能。然後，相愛到即使有天其中一方因爲撐不下去而放棄，你們都還會感謝彼此的付出，而不是埋怨。

很對得起的愛情。

一個男人的告白：「『我為你付出了所有。』當女人這樣說時，男人解讀的會是：『天啊，我該為她負責了。』」

原來，愛情最痛的不是一段感情的終結，而是，你們分手了，但妳卻發現自己還有愛來不及給。

妳談過這樣的戀愛，因爲受過傷，痛的感覺妳都還記得，所以變得小心翼翼。因此兩個人在一起時妳總計算著付出的多少，深怕自己只要不小心多給了一些，就會深陷，然後萬劫不復。妳把付出的多寡與創傷指數的高低畫上了等號，愛得很節制。妳擔心自己過多的愛，最終會讓自己受傷。

但後來妳才懂，如果說全心全意的愛都無法保證愛情的圓滿，那麼有所保留的愛又怎能夠成就。愛情的機率有多低，妳怎麼會忘了。而一開始就想著害怕受傷，也無法保證不會受傷或是傷口不會疼痛。新生的傷口總要花好長一段時間才會好，但若是再加上懊悔，則更不容易痊癒。然而這個體悟，又是用另一道傷疤所換來。

因爲，每一段愛情的結束，都是末日。絕大多數的愛情都沒有第二次的機會，每一次的相愛就永遠不再，每一次的訣別也都是再不可追。錯過了就是錯過。

或許愛情結束的原因有很多，感覺淡了、移情別戀、犯錯認輸，甚至是距離遠近也可以關係著愛情的長短，但在這眾多的無能爲力、可責怪與不可責怪之間，妳無論如何都不要是因爲自己的努力太少。妳不要是因爲自己的不夠付出，導致你們的愛情夭折。因爲，在愛情種種失敗的解釋之中，「自責」最沒有藥可以醫。

所以，妳再不要這種遺憾。妳再不要心裡還有愛，卻再也給不出去的後悔。再不要在開始就想著結束，愛情還未結果就先想著凋零，愛情仍舊是好的，只是以前的人不好，但不表示下一個會不好。妳再不要拿以前人的錯來懲罰下一段愛情，妳想要的愛，還是要能夠完全的投入。

愛情是要把最大的力氣拿去愛對方，而不是努力保障自己的不受傷。

就像是妳也明白，愛情的多不可掌握。兩個人可以在一起需要的豈只是緣分，還有那麼多有形無形需要克服的一切，最後才能成全。緣分向來都只是說明了愛情的困難，從來都沒有給予過解答。而，妳也要不到答案。但在這麼多不可測裡，妳少數可以做到的就是去要求自己對愛負責。緣分可以辜負愛情，但妳不可以，這樣唯有在感情結束後，妳才可以理直氣壯地把過錯推給它，不去後悔。

妳厭倦了後悔。因此，妳要把每段感情都當作是最後一次、末日前夕，妳用盡全力，只希望換來一個問心無愧。愛情再多難料、人心再多難測，妳只能要求自己去做到，很對得起愛情。

如果最後愛情終究無可避免會摻雜著淚水的話，妳也不要一絲一毫是自己給的傷心。

婚姻，是找到另一個自己願意去廝守的人。

一個男人的告白：「為什麼男人都喜歡越晚婚越好？我想，那是因為想要降低離婚的可能性吧。」

常常，單身最叫人沮喪的，並不是別人說「妳一定是眼光太高」，而是，其實妳很想結婚，但別人卻認定妳不想。

「無法結婚」跟「結不了婚」兩者聽起來很像，但其實很不一樣。前者是一種自願，因爲還沒有出現那個人，那個讓妳願意點頭的人，所以妳不想要結、寧缺勿濫；而後者則比較多是非自願，妳很想結婚，但身邊卻沒有一個剛好有如此打算的人。這一點，其實跟戀愛很像，妳想要的不來，而妳沒感覺的一直靠近。

但是，妳怎樣都不想要婚姻變成是時間裡的減去法。爲了想要結婚，所以妳可以不要求這個、可以放棄那些，妳知道這樣或許成就得了一張證書，但卻就成就不了圓滿。當然妳相信愛情會隨著時間長大，在經過歷練之後，人會越來越了解自己，然後也會更明白自己所想要的是什麼，不再堅持一些無謂。但這些應該都是出自一種生命的體悟，是一種自願，而非是不得已。雖然，這兩者有時候會叫人分不清楚，但其實也很不一樣。

可如果說為了談一場愛情，妳都無法因此讓渡掉那些自己覺得重要的事的話，婚姻就更不可能了。因為、因為，婚姻應該是建構在愛情之上，這是妳的堅定。

妳常覺得，戀愛是生命裡最不合常理的事情之一，不是說它會叫人喪失理智，因為每個人或多或少本來就有點癡狂。而是，大多數發生在我們生命進程裡的東西，都會隨著時間的往前推移，越來越熟練，終而成爲妳的優勢。妳拿著這些自己在歲月裡學到的去炫耀，讓別人肯定妳。但只有愛情，會隨著身分證上扣掉今日的數字漸長，而越來越不容易。

妳會發現在以前學到的戀愛經驗越來越難派上用場，不，應該是說，越來越沒有機會去驗證。妳的戀愛優勢，隨著年紀的增加成反比。

但妳還是想忠於自己，忠於愛情。要找人嫁，或許不難，或許眞的只要如他們所說，標準放低一點就可以，但愛情難的本來就是找到另一個自己願意去廝守的人。自願，是愛情的基本條件。也就因爲，妳太知道愛情的艱辛，所以更要確保自己能夠有足夠的力量去全心全力呵護灌溉，而這個說的就是自己的願意。

妳也問過自己許多次，次數已經多到已經比妳的約會過的對象還多，該不該繼續堅持？要不要多放棄一點？然後看到身邊跟自己同年紀的人一個個步入禮堂時，也動搖過。但跟著，妳又想起「遷就」這件事，妳認爲愛情與婚姻之所以珍貴，就是他們並不是一種利益協商，妳如此看重愛情婚姻，如果違背自己所願，只爲了一只證書，不正好就是最瞧不起愛情的行爲。

結婚，應該是用來建構自己所珍視的愛情，而不是摧毀原本的信念。妳還想捍衛這件事，而妳有多麼不肯妥協，其實也正表示了妳有多麼重視婚姻。

妳也不知道自己距離幸福還要多久，但是，妳只希望自己不要放棄。因爲、因爲，再難的事情，只有放棄了，才是唯一的不可能。哪怕只有千分之一的機會，妳都要注視著那個可能，那個讓自己可以幸福的可能。

愛情是，／妳**相信**了什麼，然後去努力**達成**。

一個男人的告白：「A說了什麼？B又怎麼看我們？C則是那樣評論？但我比較想要知道的是，妳怎麼想？」

比起愛情的結束更讓人悲傷的是，兩個人在還沒有開始前，就先宣告投降。

怎麼去定義愛情的輸贏？怎樣是成功？怎樣又叫失敗呢？那天，有人這樣說著，妳才終於恍然大悟。我們總是太容易把一段關係的結束跟失敗畫上等號，就像是考試卷上的紅字，無論妳過程如何努力、兩個人曾經如何貼近彼此，但統統一筆勾銷，結論全單憑結果而定。你們沒有廝守到終老，所以一敗塗地。也因此，我們才會即使愛情已經滿目瘡痍，但仍不願放手，守著的只是傷痕累累。我們都太容易以爲，握在手中的才叫擁有。

妳也試想，或許世界上並沒有所謂「成功的愛」。愛情的成敗不該是用最後圓不圓滿來論定，而單單是以自己的心的感受來決定。你們很努力了、你們很盡力了，不後悔了，所以最後才捨得放手，這就是一種功成身退。常常愛情求的，不就只是一個全心全意而已。而不再爲難彼此，放手了，就是一種成全。

只是，可能愛情結束的理由會有上千個，但其中最廉價的，就是在別人的眼光之中輸掉。妳太知道這點了。

因爲在大多數的時候，愛情只是兩個人的事情。愛情當然會有困難，但反過來說，要是彼此不夠堅定，任憑外人再怎麼祈禱祝福、捧在手心，最後仍是成不了局；而縱使遇到再多的阻撓，最終能撐過去的也只有靠自己的心而已。他人的祝福向來都只是錦上添花，眞的遇到難關，可以雪中送炭的只有對方。堅定，是愛情遇到的第一道關卡。而能夠成就愛情的，從來都是彼此的心，而不是那數百張的口。

再完美的愛情，都會有難爲外人道的苦澀；而看似千瘡百孔的關係，也有都有甜蜜幸福的片刻。愛情，本來就是兩者交錯而成，並不是單一的組成。而不被看好的愛情又如何，因爲有許多如童話般王子公主的愛情都是在眾人的喝采中應聲碎裂。愛情很公平，從來都沒有因爲妳多拿到一點祝福，考驗就會跟著少一點。別人的祝福要是眞的管用，今天就沒有悲傷的情歌傳頌。

到頭來，其實並沒有所謂的「被看好」與「不被看好的」愛情，因爲，一段關係的好壞成敗，從來都跟別人的看法無關。

所以，最終妳還是很慶幸自己去愛了，即使不被祝福，最後仍會告終收場，但妳不覺得是浪費，因爲唯有這樣想了，才是眞的白費了自己曾付出的所有，才是對不起曾經那麼努力的自己。

妳跟他曾經有過美好、曾經在這世界上有個人那麼懂妳、曾經有個人讓妳覺得他比自己重要，然後，他也覺得妳最重要，這些都讓妳覺得如獲至寶，一切都太值得，若是沒有經歷過怎會擁有。因此，妳還是要繼續去愛，懷抱著這樣的信念去愛一個人，然後慶幸。

愛情，別人怎麼看不重要，重要的是妳**相信**什麼。

一個男人的告白：「可以當情人的人不一定可以當老婆，但能當好老婆角色的人或許比較能當個好媽媽。」

愛情常常抵不過現實的殘酷，但很多時候，愛情最需要對抗的，卻往往是自己。

就像是生小孩這件事。原本應該是一種水到渠成，或是兩個人的默契，可不知怎麼地，卻變成了一種算計。兩個人的感情遇到了瓶頸、交往很久了，但他還沒有要娶妳的打算……當兩個人或妳面臨解不開的種種感情問題時，此時大家給的建議都會一致地指往「生小孩」這個方向。

孩子，變成了一種危機處理的轉換器，幫助你們度過感情難關。

他們的建議都是好意，也或許是對的，妳當然清楚。妳也明白這何嘗不是一種方法，一種處理愛情的方式，愛情本來就包含了現實，妳花了很多年的時間才接受，所以也才會有了動搖。只是，跟著妳又想到，愛情之所以爲愛情，差別的不就是裡面的一點點細微嗎？

愛的結晶，妳常聽到人們這樣說。但曾幾何時，這種浪漫的化學反應，逐漸變成了了無生氣的計算安排。妳問自己是不是也要讓渡這一部分？

於是當下妳也才理解到，或許，考驗愛情的從來都不是現實，而是自己。因爲愛情其實是一種自我幻想與現實的拉鋸，這邊讓步一點、那邊妥協一些，才能修成正果。愛，比的從來都不是多實際，而是多平衡，就跟兩個人的關係一樣。而孩子，基於這樣理由而誕生，只是把愛情更往現實面拉而已。

因爲孩子，從來都不是一種婚姻保固。妳雖沒經歷過，但聽過的多。就也像是結婚保障不了愛情一樣。有些事情需要親身體驗，但有些則不用自己去試，就可以學到教訓。也更因爲妳知道，愛情本身就是賭注，倘若又加上了婚姻，勝負更難預料。而用孩子換婚姻，只是把賠率增高，但賭上的卻還包含了另一條生命。

孩子，自始至終都不會是愛情裡面的王牌，只是一個賭注。

再者，天眞也罷、將來會後悔也罷，但在大多數時候，其實人只能去思考現在，只能去努力讓現在過得好，沒有多餘的心力去計畫不可知的未來，更何況未來從來都是計畫不來的。愛情天氣難料，妳無預警地被淋過幾次雨，所以很明白，因此，妳希望起碼可以對得起現在的自己。至於未來，那是以後的事，以後再說。這並不是一種逃避，而是一種經由經驗累積而來的務實。

到了最後的最後，其實妳還是想要這樣想，現實或許很殘酷，愛情也不可能完全倖免，但至少，小孩、妳的小孩、你們的小孩，如果眞有幸可以走到這一步的話，都不應該是一種手段象徵，這是在愛情裡面妳最後可以爲自己做到的事。

妳還是寧願去相信，愛的結晶，「愛」是擺在最前頭。而愛情，在抵抗現實之際，能夠幫助妳繼續支撐下去的，就是自己這一點點對愛的小信仰。

妳只是**試圖**在愛情的難以掌握中，**抓住**些什麼。

一個男人的告白：「愛情與麵包哪個重要？當然是麵包。為什麼？因為回答『愛情』太爽了。」

妳並不把愛當作唯一，而是一種選擇，一個讓自己生命變得更美好的挑選。

因爲妳是愛情信仰者，覺得愛情最大。當然妳也明白世界上還有很多事都值得追求，但妳更知道如果沒有愛，那有多無聊。而且，愛情與其他從來都不是衝突，並不是要了這個就不能要另外的。因此，妳以愛維生，用它來滋養自己的生命。就因爲這樣，所以妳更不能活在沒有愛的生活，也更不願去冒失去愛的風險。所以，妳才更小心翼翼去呵護愛。

但因爲妳在很年輕時候談過那種戀愛，那種奮不顧身的戀愛。當時妳固執地覺得愛就該純粹，不該夾雜一絲一毫的雜質，因爲愛之所以爲愛，就是因爲它的神聖不可侵犯。所以，只要把愛擺到妳眼前，妳就可以什麼都不要、可以什麼都不怕，只管注視著愛。可是，最後愛情並沒有因爲妳的信念而圓滿，妳後來才察覺，其實並不是自己不夠堅定，反而是過於堅持。

經歷過了妳才懂，原來愛情本來就包含著現實面。當妳有多努力把現實往外推時，就更是說明了現實的重要性，否則自己就不會刻意去忽略它。

愛情，需要天時地利人和才能成就，每一項條件具備的越是齊全，長久的機率就越是高。而麵包，就是其中一項。擁有好的經濟條件並不能保障幸福，但是，至少可以保障妳離幸福近一點。因為、因為，愛情很難，有那麼多的不可預料，妳也追不過時間，所以只能抓住可以看見的，然後，冀望著若是欠缺的少了一些，愛情就可以更久一點。

這是妳一路碰撞才得來的心得，也就像是人們說的緣分，其實是包含了所有的可測與不可測，而偏執地別過頭去不看那些可預見的問題，其實都只是一種消耗，一種對愛情的浪費。所以，自始至終妳在意的都不是金錢的重要性，妳在說的是條件的具備，或是問題的面對。因為，妳學會了再不要因為那些可預見的問題，而阻礙了妳的愛情。妳也再不要將問題當作不是問題。

愛情，能讓妳的心滿足，心跳動才能活命，但心臟的運作需要靠血液輸送養分，所以，妳也必須餵飽胃才活得下去，缺一不可。

當然，妳也不是只能同甘不能共苦，妳更清楚知道世界上並沒有完美的感情，過分去等待條件都相符的緣分，也是一種偏執。只是，妳試圖用自己對愛情的理解、對自己的理解，然後去努力。而在大多數時候，妳知道自己也只能做到這樣，愛情妳只能盡力，然後希望上天助妳一臂之力。

所以，當那些人在說著妳拜金時，只有妳自己知道，愛情是在麵包之上，但妳用不著跟別人解釋。因爲，妳只是想要試圖在愛情的難以掌握之中，多抓住些什麼罷了。妳只是努力去讓自己的愛情圓滿，如此而已。

美貌是武器，而不是依據。

一個男人的告白：「美貌只可以撐三個月，好，最多半年。但真正能讓兩個人在一起很久的，是心。」

三十歲的女人要跟二十歲的女生比賽，是自討苦吃；反過來說，二十歲的女生跟三十歲的女人比較，則是不自量力。

當妳看到電視上新生代的少女偶像，對著鏡頭擠眉弄眼時，就在那一個瞬間，妳突然懂了這件事。自己汲汲營營並引以爲傲的美貌，在那一刻全部崩塌。妳努力想要讓自己的外表不被時間的推移所影響，想要站在原地，但一看到螢幕出現的女星時，妳就知道，有些事情不是努不努力的問題，而是有沒有的差別。就像是她散發的青春氣息，也就跟愛情一樣，要努力也努力不來。

當時妳也才意識到，雖然在大多數時候，人生是一連串的選擇，例如：職業、髮型、甚至長相都可以改變，但唯有年齡無法變更，即便有著如何與年紀不符的外表，它都不會說謊。也就像是電視中女星眼裡的直接與無所畏，妳曾經有過，但卻沒有任何保養品留得住他們，這就是一種差距，任憑外在如何不變動，只要一張眼就洩了底。

甚至，再到後來妳更驚覺，自己花了最多的時間去營造出自己仍然年輕的假象，妳以爲自己在對抗的是歲月或是地心引力，但原來其實拋棄的卻是過去的自己。

因爲妳經歷過了那麼多的事情，花費了那麼長一段時間，才終於走到了這裡，變成今天這個樣子：妳比以前更成熟，不再無理取鬧；也比以前更溫柔，不再囂張跋扈……妳覺得現在的自己比十年前更值得被愛，但卻還要去跟年輕小女生競賽，那些妳伴隨時間所獲得的，都是二十歲女生所缺乏的。原來是自己把自己的優點收了起來，拿出弱勢去參賽。

當然，妳還是知道擁有一定程度的美貌仍是一種必須，只是「美」不應該是與「年輕」畫上等號，不應該等同於非要追求十年前或二十年前的自己不可。美應該有很多種展現方式，美與智慧從來都不是一種衝突，而是一種相乘，每種年紀都有自己獨有的美，不是任何一種其他年紀可以替代。二十歲有二十歲的美，三十歲、四十歲……都該是如此。

在愛情裡面，或許可以把美貌當作是一種武器，但若是把它當成依據，倒楣的只會是自己。因爲時間很公平，妳只能齊步、無法越過。

而終究問題的源頭是，「自己想要怎樣的人？」妳回過頭這樣問自己。追根究底，其實妳要的從來都不是一個喜歡少女般的自己的人，而是一個懂得欣賞現在自己的對象。妳的他，應該也是一個隨著歲月增長而成熟的人，而不是背對著未來把過去當成以後的人，這樣的人從來都不是妳要的。妳早過了追求熱烈的年紀，明白愛的更久比更濃烈重要。這麼一想，所有的問題都迎刃而解，妳再不需要去跟以前的自己比賽，只要專心做好現在的自己即可。

而面對年齡，一種沒得選擇的必然，妳懂了並不是要與它抗爭，更不是投降，而是學會和平共處。

三十歲了，妳終於喜歡自己。

一個男人的告白：「妳說，男人對女人很殘忍，到了三十歲之後就好像一文不值；我說，時間很公平，三十歲沒有一點小成就的男人，妳們女人也不敢嫁。」

三十歲給妳的最大的改變是，妳還是照樣慶生，但自此之後，蛋糕上面的蠟燭永遠都是問號。

這是妳最大的感觸，二字頭的時候，妳毫不遮掩自己的優勢，妳還年輕、妳還有很多未來，但妳怎麼都沒想到，當初拿來捍衛自己的武器，今天開始槍口會朝著自己。那時候妳也才發現，原來時間的意義是從三十歲才開始算起。妳三十了，所以應該怎樣、妳三十了，所以不能夠那樣……但是妳明明昨天還是二字頭，怎麼只過了一個晚上，今天就面目全非。

然後，公司新來的女助理剛好跟妳同生肖，但妳還來不及高興就發現原來她小了自己一輪，當妳在電話那頭指定著問號蠟燭時，她才剛拿到駕照不久。跟著，當妳拿起手機要自拍時，立即就發現嘟嘴有多麼不適宜，妳甚至懷疑自己是不是再也不能使用「啾～～」這個字與愛心圖案。三十歲了，不僅別人評價妳的方式不同，就連自己看待自己的角度也不一樣了。

甚至妳更懷疑，時間行進的速度也不一樣了，昨天之前，妳還有好多夢想等著要去實現；但到了今天，妳覺得未來已經追到眼前來了。

三十歲了，跟二十九歲不同，但是，今日也跟昨天不同。於是妳才驚覺到，不管是過去或將來，時間永遠都會以這樣的方式前進，無從討價還價。而人，永遠都只會比昨天年紀長一點。而不管是什麼「敗犬女王」、「黃金剩女」，即使冠上了女王或黃金，統統都還是建築在敗犬跟剩女上頭。妳終於懂了，原來這些詞彙說的都不過只是時間的壞處而已。然而，時間其實也是好的。

三十歲最大的好處是，妳已經經歷過了一個完整的生命歷程，但在人生旅途裡卻還年輕。妳脫離了學校，遇見形形色色的人，學會保護自己；工作了幾年，有點小積蓄，終於可以自食其力，妳還規畫了一年一次的旅行；有幾個好的老朋友，你們會為彼此打氣與支持，不再覺得認識新朋友很重要；當然也談過了幾次戀愛，包含了那種不再單純而是算計的感情。然後，愛過人、也被人愛過；被傷害過，也同樣傷害過別人……而這些，都豐富了妳的生命。這些，都讓妳變成了現在的自己。

妳終於脫離了莽撞的年紀，開始學會了耐心，更明白了以前不明瞭的許多事，而其中最珍貴的是，妳還學會珍惜。然後，妳也學會了看男人的眼光，這點無論如何妳都不要還回去。因此，妳不能再拿以前的優勢來生活，妳不能辜負過去的二十九年，要試著把以前變成是一種養分，然後活成自己的未來。

妳要開始試著靠自己去定義時間的意義，不再當它是阻礙，而是一種助力。

二十歲時，妳最大的功課是學著與別人相處；但三十歲了，妳則開始練習跟自己相處。二十歲時，妳用盡所有的力氣去討好別人；但三十歲了，妳覺得最需要討好的是自己。二十歲時，妳最大的願望是全世界了解妳；但三十歲了，妳發現了解自己比什麼都重要。二十歲時，妳想要每一個人都喜歡妳；但三十歲了，妳終於開始喜歡自己。

三十歲了，或許沒有那麼壞，沒有誰可以跟時間比賽，而妳，覺得自己會越來越喜歡這樣的自己。

二十歲時，妳想要每一個人都喜歡妳；
但三十歲了，妳終於開始喜歡自己。

●國家圖書館出版品預行編目資料

那些再與你無關的幸福／杜佳玲總編輯
--初版 --台北市：三采文化，2013.05〔民102〕
面：公分 . -- (Mind Map系列：66)

ISBN 978-986-229-908-1〔平裝〕

855 102007387

suncolor 三采文化集團

Mind Map 66

那些再與你無關的幸福

作者	肆一
責任編輯	劉又瑜
封面設計	陳靜慧
美術編輯	陳靜慧
發行人	張輝明
BRAND總編輯	杜佳玲
發行所	三采文化股份有限公司
地址	台北市內湖區瑞光路513巷33號8樓
傳訊	TEL:8797-1234 FAX:8797-1688
網址	www.suncolor.com.tw
郵政劃撥	帳號：14319060 戶名：三采文化股份有限公司
初版發行	2013年5 31日
20刷	2021年9月5日
定價	NT$280